KB270442

서문문고
258

안도라

막스 프리시 지음

김 창 활 옮김

THE NEW SOCIETY

by

E.H. Carr

해　설

　막스 프리시는 프리드리히 뒤렌마트와 함께 스위스가 자랑하는 세계적인 극작가(劇作家)이자 소설가(小說家)이다. 그리고 이 두 사람은 그 무슨 세트라도 되는 것처럼, 따로 떼어 놓고 생각한다는 것이 이상하게 여겨질 정도다.

　그것은 이 두 사람이 다 독일어로 작품을 썼고, 독일문학을 공부했고, 또 현대극에 가장 큰 영향을 끼친 독일의 베르톨드 브레히트의 이른바 서사극을 계승, 발전시킨 점에서 공통적인 요소를 지녔기 때문이 아닌가 한다.

　그러나 이 두 사람의 작품 스타일을 놓고 본다면, 그것은 아주 판이하다. 뒤렌마트가 종래의 극 형식을 무시하고 그로테스크한 과장, 통렬한 풍자, 파괴적인 페러디 등을 구사하며 적나라한 진실을 폭로하고 현대의 부조리를 인식시키는 가차없는 모럴리스트로, 그래서 불쾌한 동시대인(同時代人)으로 불릴 만큼 현대인의 심저와 기반을 철저히 추구하는 반면, 프리시의 작품들은 보다 섬세하고 세련되어 유연함과 인간미가 있다.

그것은 그가 작품을 발효시키는 기간을 보다 더 오래 갖고, 그래서 잘 익은 작품을 내어놓기 때문이 아닌가 싶다.

여기에 번역하여 소개하는 프리시의 〈안도라〉는 그의 대표작이라고 할 수 있는 것으로, 그의 일기를 보면 처음엔 〈어느 안도라의 유태인〉이라는 제목을 붙였던 것을 알 수 있다.

〈안도라〉의 내용을 보면, 한 젊은이가 동료 시민들에 의해서 유태인으로 오인을 받아 참혹한 죽음을 당한다. 그런 연후에 그의 진짜 부모(父母)가 알려지고, 그가 유태인이 아니었다는 것이 증명된다. 극의 서문에서 프리시는, 사건이 일어난 곳 '안도라'는 그 이름을 가진 사실상의 어떤 국명(國名)과는 아무 관련이 없으며, 악의 상징인 '검은 나라'의 유니폼도 과거의 어느 특정적인 사실을 상기시켜서는 안 된다고 말하고 있다.

　'안도라'는 어떤 특정한 마을을 일컫는 말이 아니며, 거기에서 일어났던 일은 세계의 어느 곳에서나 일어날 수 있는 일이라는 것이다. 그런 이유야말로 이 작품이 시대와 공간을 초월한 가치를 갖는 점이다. 스토리는 나치스에 의한 유태인 박해를 다루고 있다. 검은 나라는 그 권력이 최고조에 달했던 나치스를, 그리고 '안도라'의 침입은 오스트리아나 체코의 작은 마을을 짐승처럼 잔혹하게 짓밟고 쳐들어갔던 히틀러 시대의 독일을 상기시킨다.

　그러나 작가가 강조하고 있는 것은 그러한 정치적인 소재가 아니며, '안도라' 마을 사람들이 점점 침략자들에게 양보해 들어가기 시작해 동료 시민을 잔인하게 죽인 살인 행위를 묵묵히 받아들이게까지 된 점차적인 '안도라' 사람들의 도덕적 타락이다. 죽음으로 끌려가기 전의 주인공 안드리의 외침은 그 어떤 눈에 보이는 참혹한 행위보다도 더 깊숙이 우리의 마음속에 파고든다.

그러므로 이 극의 테마는 반유태주의에 대한 비판을 넘어서 훨씬 더 넓은 지평을 갖게 되는 것이다.

그것은 인간 본질에 대한 탐구로서, 인간이란 그릇된 편견에 따라 다른 인간을 봄으로써 그에 대한 그릇된 상(像)을 만들기 쉽다는 것이다.

그 편견이라는 것은 종종 아주 무서운 결과를 가져오는데, 유태인 학살도 바로 그러한 그릇된 편견에서 비롯된 것이라는 점이다. 그리고 그는 여주인공을 통해 이 편견에의 극복은 인간에 대한 사랑으로써만이 가능하다는 것을 보여 주고 있다.

1911년 5월 15일 취리히에서 건축가의 아들로 태어난 프리시는, 취리히 고등학교에 들어가 독일 문학을 공부하던 중 갑작스러운 부친(父親)의 사망으로 학업을 중단하고 한동안 신문인으로 유고슬라비아, 그리스, 터키, 미국 등지를 여행했다.

그 뒤 25세에 취리히 공대(工大)에 들어가 건축학을 전공하여 학위를 받은 그는, 한때 취리히에 건축 사무소를 차리고 틈틈이 창작에 몰두하다 제2차 세계대전에 참전했다. 전후 본격적인 창작에 들어간 그는, 1944년에 최초의 희곡 〈산타 쿠르츠〉와 〈이제 그들은 다시 노래한다〉를 내놓았다.

이어 1946년에는 그 자신이 우화(寓話)라고 부른 〈만리장성(萬里長城)〉을 발표, 만리장성을 쌓던 기원전 2백 년부터 현대에 이르는 세계사, 원자탄(原子彈)의 발명으로까지 몰아 온 세계사를 분석, 고발하였다.

이밖에도 소련 장교와 독일 부인의 사랑을 그린 〈전쟁이 끝났을때〉(1949년)를 비롯, 〈외더란트 백작〉(1951년), 〈돈 주앙, 또는 기하학에 대한 사랑〉(1953년), 〈비더만과 방화범들〉(1958년), 〈필립 호츠의 위대한 분노〉(1958년), 〈안도라〉(1958년), 〈전기〉(1963년) 등, 많은 희곡 이외에도 〈시틸러〉(1954년), 〈호머 파

버〉(1957년), 〈내 이름은 간텐바인〉(1964년) 등의 소
설과 〈일기 1946~49〉(1950) 등의 일기 문학 작품을
가지고 있다.

안도라

⊠ 등장 인물

안드리

바르플린

교사

어머니

부인

신부

군인

주인

목수

의사

견습생

낯선 사람

말없는 사람

천치

검은 제복을 입은 군인들

유태인 검열관

안도라 국민들

제 1 장

안도라식 주택 정면
바르플린이 자루가 긴 브러시를 가지고 나직하고 긴 담에 흰 칠을
하고 있다.

바르플린 여보세요, 당신은 하루 종일 내 다리만 보고
　　　　있지 않아도 내가 무얼 하고 있는지 알 수 있잖아
　　　　요? 난 흰 칠을 하고 있는 거예요. 그런데 당신네
　　　　들 군인들은 뭣들을 하고 있죠? 당신네들은 탄띠
　　　　에다 엄지손가락이나 끼고 거리를 빈둥거리고 돌아
　　　　다니다가 여자가 몸을 구부리면 블라우스 속이나
　　　　들여다보는, 그런 것이 고작이죠. (군인이 웃는다)
　　　　난 약혼을 한 몸이란 말이에요.

군 인 약혼을 했다구?

바르플린 광대처럼 그렇게 히죽히죽 웃지 좀 말아요.

군 인 네·약혼자 가슴은 새가슴이겠구나?

바르플린 왜 새가슴이에요?

군 인 안 그렇다면 어째서 나한테 네 약혼자를 가르쳐
　　　　주지 않지?

바르플린 성가시게 굴지 마세요.

군 인 아니면 그 친구 마당발인가?

바르플린 왜 또 마당발이에요?

군 인 그 친구 너하고 춤추는 걸 못 봤으니까. (바르플
린은 흰 칠을 한다) 그 친군 천산가? (군인 웃는다) 난
그 작자를 한 번도 본 일이 없으니 말이야.

바르플린 난 약혼했어요!

군 인 난 약혼 반지 같은 것도 못 봤는데.

바르플린 글쎄 난 약혼을 했다니까요. (바르플린, 브러시
를 통 속에 담그면서) 아무튼 난 당신이 싫단 말이에
요! 알겠어요?

무대 전면 오른쪽에 자동 전축이 있다. 바르플린이 칠을 하고 있는
동안, 이곳에 몸이 비대한 목수가 등장한다. 그 뒤로 보이인 안드
리가 등장한다.

목 수 내 지팡이가 어디 갔나?

안드리 여기 있습니다, 목수 영감님.

목 수 항상 그놈의 팁 때문에 골치라니간. 아예 돈지
갑을 두고 다니든지 해야지 원.

안드리는 지팡이를 내주고 팁을 받는다. 그는 팁으로 받은 돈을 자
동 전축에 넣는다. 음악이 울려 나오고 목수가 걸어간다. 목수가

칠 통을 비켜 가려고 하지 않자, 바르플린은 얼른 칠 통을 비켜 놓는다. 안드리는 마른 걸레로 접시를 닦는다. 마치 음악에 맞춰서 움직이는 것 같다. 그가 사라지자 음악도 끝난다.

바르플린 아직도 거기 있군요?

군 인 난 휴가중이지.

바르플린 무얼 더 알고 싶어서 그러는 거예요?

군 인 누가 네 신랑이 될지, 그걸…… (바르플린은 흰 칠을 계속하고) 모든 여자들이 자기 집에 흰 칠을 하는군. 내일이 성 게오르그 축제일이라고, 그런데 내일은 검은 제복을 입은 군인놈들이 이 거리로 몰려들 거란 말이거든, 성 게오르그 축제일이니, 여자들이여, 그대들 집에 흰 칠을 하라! 하얗게 칠하라! 그리하여 우리의 안도라가 하얗게 되도록 하라, 그대들 여자들이여! 오 백설 같은 안도라여!

바르플린 검은 군대라니! 그놈들이 어째서 온다는 거죠?

군 인 넌 처녀라구? (웃으며) 그리고 날 싫어한다구?

바르플린 그래요!

군 인 그런 말은 이미 많은 여자들한테서 들었지. 하지만 난 다리와 머리 모양이 내 맘에 드는 여자면 어떻게 해서든 내 것으로 만들었어. (바르플린, 그에게 혀를 내밀어 보인다) 그래, 아가씨들의 그 빨간 혀도 내 것이 되곤 했지.(그는 담배를 꺼내 물며 집 안을 들여다본다) 네 방은 어디 있지?

신부가 자전거를 끌며 등장한다.

신 부 아, 그렇게 해놓으니 내 마음에 드는구나, 정말 마음에 쏙 들어. 우리 안도라가 아주 하얗게 되는 군. 처녀들아, 흰 칠을 해라! 밤에 소나기만 내리지 않으면 우리 안도라는 백설같이 되겠다. (군인이 웃는다) 애, 아버님께선 집에 계시냐?

군 인 물론 밤에 소나기가 내리지 말아야겠죠, 그런데 교회도 말처럼 그렇게 깨끗치는 못하더군요. 하기야 교회는 흙으로 지었으니 빨갈수밖에. 거기에 소나기가 퍼부어대면 그 흰 벽은 흡사 그 위에서 돼지라도 잡은 것처럼 더러워지지. 백설같이 흰 교회의 벽이 말씀이야. (비가 오나 손을 내밀어 보며) 나도 밤에 소나기가 내리는 건 미상불 반가울 것이 없지만. (중얼거리며 퇴장한다)

신 부 저 사람은 뭘 하려구 왔었니?

바르플린 신부님, 저 너머의 검은 군대가 우리에게 쳐들어온다던데, 그게 정말인가요? 그들은 우리의 안도라를 부러워하기 때문에 쳐들어온대요. 어느

날 새벽 네시, 그들은 수천의 검은 탱크를 몰고 와
서는 우리의 발 위를 마구 으깨며 굴러다니고, 낙
하산을 타고는 또 하늘에서 무서운 메뚜기떼처럼
쏟아져 내려올 거래요.

신 부 누가 그런 말을 하든?

바르플린 파이더란 그 군인 녀석이요. (그녀는 브러시를
통 속에 담근다) 아버님은 아직 집에 안 오셨어요.

신 부 그럴 줄 알았다. (사이) 요즘 너의 아버님은 왜 그
렇게 마구 마셔댄다더냐? 그러고는 자신의 처지도
잊고 사람들을 닥치는 대로 욕하고 있어. 무엇 때문
에 그렇게 어리석은 소리만 하고 다니신다더냐?

바르플린 전 아버지가 술집에서 하는 말이 뭔지 모르
는데요.

신 부 너의 아버님은 괜한 걱정을 하고 계시지 뭐냐.
베들레헴에서의 그 유아 살해(幼兒殺害)와 같은 짓
을, 그런 짓을 군인놈들이 자행한다면 아무렴 우리
가 가만히 보고 있겠냐? 너희 아버님은 그러면서,
글쎄 우리가 저 너머의 그 검은 군대보다 나을게
없다고 하신단다. 어째서 너희 아버님은 종일 그런
말만 하고 다니시는지. 그러니 사람들이 너의 아버
님을 좋아할 턱이 있겠니? 너 같은 애들이야 무슨

소릴 해도 일없겠지만 학교 선생님을 지내는 사람이 그래서야 쓰겠니. 그리고 그깟 술집에서 떠도는 소문 따위를 뭣 때문에 믿으려 하는 겐지? (바르플린은 일손을 멈추고 귀를 기울이고 있다) 우리 안도라를 괴롭히는 사람은 하나도 없다. 우리 안도라를 털끝만큼도 건드릴 사람은 없단 말이야. (바르플린은 흰칠을 계속한다) 너도 생각이 지나치게 꼼꼼한 것 같구나. 하긴 너도 어린애는 아니지. 일 솜씨도 다 자란 여자 같구나.

바르플린 그럼요. 저도 열아홉 살인걸요.

신 부 그런데 아직 약혼을 안했지. (바르플린, 잠자코 있다) 내 생각으로는 그 파이더란 녀석이 너한테 나쁜 마음을 품은 것 같다.

바르플린 그런가 봐요.

신 부 그 녀석은 눈이 흐리멍텅하다. (사이를 두었다가) 그 녀석이 허튼 소리로 널 불안하게 했구나? 그런 녀석이 저 잘난 체하느라구 주어 섬긴 되지 못한 허튼 소리다. 그들이 무엇 때문에 여기까지 쳐들어 온단 말이냐? 골짜기는 좁고 밭은 돌투성이고 가파른 비탈인데다가 거기서 자라는 올리브는 다른 데서 나는 것보다 물기도 적은데, 그들이 무얼 바라고 온다는 게야? 우리의 호밀을 원하는 자는 낫을 가지고 와서 베어가야 할 거구, 또 한 발자국 떼어 놓을 때마다 몸을 굽혀야 할 텐데 말이다. 안도라는 아름다운 나라이긴 하지만 가난한 나라다. 평화스러운 나라이지만 약한 나라이고, 천주님을 두려워하는만큼 신앙심이 깊은 나라이다. 하지만 우리 모두가 그들이 쳐들어올까 봐 두려워하고 있는 것은 사실이다. 그렇지 않겠니, 애야?

바르플린 그러니 그들이 오면 어떡하죠?

저녁 종소리가 짤막하고 단조롭게 들려온다.

신 부 내일 또 보자. 바르플린, 아버님한테 성 게오르그님은 아버님이 취하는 걸 원하시지 않는다고 말씀드려라. (자전거에 오르며) 아니다, 아무 말씀도 드리지 않는 게 좋겠다. 그랬다간 공연히 또 펄쩍 뛰실지도 모르니까. 하여간 조심하면서 잘 지내야 하느니라. (자전거를 타고 소리없이 퇴장한다)

바르플린 그런데도 그들이 온다면 어떡하죠, 신부님?

무대 전면. 오른쪽 전축 곁으로 낯선 사내 등장. 그 뒤로 보이인 안드리 등장.

낯선 자 내 모자가 어디 있더라?

안드리 여기 있습니다, 손님.

낯선 자 후덥지근한 저녁이군. 비바람이라도 한바탕
몰아칠 것 같은데.

안드리는 모자를 건네주고 팁을 받는다. 그는 팁으로 받은 동전을
자동 전축에 넣는다. 그러나 스위치를 누르지는 않고 휘파람을 불
며 곡목을 찾고 있다. 그러는 사이에 낯선 사내는 무대 전면을 지
나 바르플린 앞에 나선다. 바르플린은 신부가 간 줄도 모르고 흰
칠을 계속하며 말을 한다.

바르플린 신부님, 사람들은 그 검은 군대가 오면, 유태
인들은 당장에 모두 끌려가서 말뚝에 묶여 목에 총
을 맞아 죽게 된다고 하던데, 그게 정말일까요? 비
록 유태인은 아닐지라도 유태인을 남편으로 가진
여자면, 그 여자도 창포병에게 둘러싸인 미친개 꼴
이 되어 괴로움을 당한다던데 그게 정말일까요?

낯선 자 아가씨는 무슨 말을 하고 있는 거요?

바르플린 (그제야 뒤돌아보고 흠칫 놀란다)

낯선 자 안녕하시오.

바르플린 안녕하세요.

낯선 자 오늘 저녁은 날씨가 좋군요.

바르플린 (통을 집는다)

낯선 자 한데 후덥지근하지요.

바르플린 네.

낯선 자 뭐가 올 것 같습니다.

바르플린 뭐가 올 것 같다니요?

낯선 자 비바람이 몰아쳐 올 것 같다는 말입니다. 모든
     것이 비바람을 기다리고 있지 않습니까. 나뭇잎이
     며 커튼이며 이 먼지들이, 그런데도 하늘엔 구름
     한 점 없군요. 하지만 느낄 수 있습니다. 그건 하루
     살이도 느낄 거요. 이렇게 후덥지근한데서야 그 뭐
     는 못 느끼겠소. 한바탕 비바람이 몰아치고 말 거
     요. 그리고 그게 밭농사에 좋을 테지. 하지만…….

바르플린은 집으로 들어가고 낯선 사나이는 산보를 계속한다. 안드
리는 자동 전축의 소리를 나게 한다. 전과 같은 판이다. 그러고는
접시를 닦으면서 퇴장한다. 그러면 술집으로 되어 있는 무대 전면
오른쪽과 바르플린의 집으로 되어 있는 무대 왼쪽 사이에 있는 텅
빈 광장이 인상적으로 드러난다. 목수와 교사가 주점 앞에 앉아 있
다 음악이 끝난다.

교 사 내 아들의 문제란 말일세.

목 수 그러니까 50파운드만 내시라는 것 아닙니까요.

교 사 그앤 내 친아들이나 다름없어.

목 수 글쎄 50파운드만 내시라니까요. (동전으로 탁자를

두드려대더니) 이젠 가야겠군. (한 번 더 동전으로 탁자를 두드려댄다) 그런데 어째서 하필이면 목수가 되려고 한답니까? 타고난 재주 없이는 목수질이라는 게 그렇게 만만한 게 아니랍니다요. 선생님의 양아들, 그애는 천성이 맞질 않을 겁니다요. 내 생각으로는 그저 그렇다는 거죠. 그앤 어째서 장사꾼이 되려 하질 않죠? 예를 들어서 말입니다요, 왜 그애는 상점 같은 델 가지 않느냐는 거예요. 그저 내 생각입죠만, 그게 이상하다 이겁니다요.

교 사 아니, 저 말뚝은, 저게 웬 건가?

목 수 예에?

교 사 저기 말이야, 저거!

목 수 선생님, 갑자기 핼쑥해지셨군요.

교 사 난 지금 저 말뚝 얘기를 하고 있잖소!

목 수 말뚝이라니, 무슨 말뚝이요?

교 사 저기 있잖아, 저기! (목수는 교사가 가리키는 쪽을 본다) 저게 말뚝인가, 말뚝이 아닌가?

목 수 말뚝입니다 그려.

교 사 어제까지도 없었는데. (목수는 실없이 웃는다) 웃을 일이 아니오, 프라더. 당신은 내가 생각하는 것이 뭔지 잘 알 거요.

목 수 선생님은 저걸 통해 헛것을 보고 계시는 거죠.

교 사 저 말뚝이 무엇에 소용이 될 것이겠소?

목 수 (동전으로 탁자만 토닥거린다)

교 사 난 취하지 않았소. 저기 무엇이 있는지도 알고,
　　　내가 무엇을 보고 있는지도 알 수가 있단 말이오.
　　　당신도 같은 걸 보고 있으니 내 생각을 알겠지?

목 수 어이구, 전 이제 정말 가봐야겠네요. (동전으로
　　　몇 번 더 탁자를 두드리더니 일어선다)

교 사 그게 내 말에 대한 당신의 마지막 말인가?

목 수 전 프라더란 인간입니다요.

교 사 그리고 50파운드라고?

목 수 덜 해드릴 순 없습죠.

교 사 당신은 훌륭한 신사요. 내 그건 알지. 프라더,
　　　하지만 그건 폭리야. 목수 일을 배우는 데 50파운
　　　드라는 건 지나친 요구라구. 말도 안 되는 소리지.
　　　당신도 잘 알고 있지 않소. 그리고 난 학교 선생이
　　　요. 접장이야. 월급이라고는 아주 보잘것없어. 목
　　　수 영감, 당신처럼 물려받은 재산도 없고 말이야.
　　　내겐 50파운드가 큰 돈이에요. 솔직히 말해서 그
　　　만한 돈은 갖고 있지도 못하고 말이요.

목 수 그럼 할 수 없습죠. 뭐. (퇴장해 버린다)

교 사 흥, 50파운드라구? 내가 진실을 밝혀내면 그렇
      게 뻔뻔스럽지는 못할걸. 모두들 놀랄 테지. 나는
      우리 국민을 강제로라도 거울 앞에 서게 할 테다.
      그래서 그 히물거리던 얼굴에서 웃음기란 웃음기는
      싹 얼어붙도록!

        술집 주인이 나온다.

주 인 무얼 드릴깝쇼?
교 사 소주 한 잔 주쇼.
주 인 뭐, 화나는 일이라도?
교 사 목수 일을 배우는 데 50파운드를 내라는구려.
주 인 저도 그 소린 들었습죠.
교 사 그 돈을 만들어야겠소. (어처구니없다는 듯 웃으며)
      흥, 그것도 타고난 재주가 없으면 안 된다고? (주
      인은 작은 탁자 위를 행주로 훔친다) 당신도 그 아이의
      타고난 재주를 알게 될 거요.
주 인 선생님, 자기 이웃 사람한테 화를 내서는 안 되
      는 겁지요. 그건 마음 씀씀이의 문젭니다요. 그리
      고 그래 봤자, 그 사람들을 어떻게 달라지게 할 수
      있는 것도 아니구요. 물론 그런 액수는 폭립니다
      요. 그러나 우리 안도라 사람들은 사람은 좋지만

돈이 문제가 되면, 제가 늘 말하듯이 유태인처럼
된단 말씀입니다요.

교 사 유태인이 어떤지 당신이 어떻게 아슈?

주 인 캔 선생님…….

교 사 도대체 어떻게 아느냔 말이야?

주 인 선생님의 안드리는 예외지요. 선생님도 아시다시
피, 내가 그걸 몰랐으면 그앨 우리집 보이로 받아
들였을 턱이 없습죠. 선생님은 어째서 그렇게 비뚤
어지게만 보시려구 합니까? 제가 안드리를 그렇게
생각지 않는다는 덴 증인도 있어요. 저는 안드리는
예외라고 기회 있을 때마다 밝히지 않았던가요?

교 사 그런 얘긴 그만둡시다.

주 인 그앤 확실히 예외지요.

종소리가 들려온다.

교 사 저기 저 말뚝우 누가 세웠소?

주 인 어디요?

교 사 내가, 신부님이 말하듯, 늘상 그렇게 취해 있는
건 아니오. 말뚝은 말뚝이야. 어제부터 오늘 사이
에 누군가가 저걸 세웠어. 말뚝이 땅에서 저절로
솟아나는 건 아니니까.

주 인 모르겠는데요.

교 사 무슨 목적으로 세웠을까?

주 인 글쎄요, 모른긴 해도 토목 공사에 필요한 말뚝
       이 아닐까요? 세금을 받았으면 나라에서 무엇인가
       는 해야 할 테니까요. 어쩌면 하수도 공사인지도
       모르지요. 물길을 돌려놓느라구요.

교 사 그럴까?

주 인 전화 케이블 공사를 위한 것인지도 모르구요.

교 사 그렇지 않을 거요.

주 인 선생님께서 무슨 생각을 하고 있는지 모르겠군요.

교 사 그리고 저기 묶여 있는 저 밧줄은 무엇에 쓸 건가?

주 인 그야 뻔하죠. 밧줄을 매는 데 필요해서 말뚝을
       박은 것 아니겠습니까요?

교 사 난 헛것을 보는 게 아니오. 난 미치지 않았어.
       저건 그런 여러 가지에 쓸 말뚝이 아니야.

주 인 그래, 말뚝이 뭐 어쨌다는 겁니까?

주인은 주점으로 들어간다. 교사 혼자 남아 있다. 다시 종소리가
들려오고, 사복(私服) 차림의 신부가 빠른 걸음으로 광장을 지나
간다. 그 뒤로 미사복을 입은 아이들이 따라간다. 그 아이들이 든
향로에서 강한 향내가 풍긴다. 주인은 술을 가지고 나온다.

주 인 목수 영감이 50파운드를 요구하는 거지요?

교 사 난 그 돈을 마련해야겠소.

주 인 그건 거금인데, 어떻게……?

교 사 어떻게든지 마련을 해야겠지. (술을 마신다) 땅을
팔든지. (주점 주인은 교사의 곁에 앉는다) 하여튼 어떻
게 해서든 만들어야겠어.

주 인 선생님 땅이 얼마나 됩니까요?

교 사 그건 왜 묻소?

주 인 저는 늘상 뭘 사드리길 좋아하지 않습니까요.
비싸지만 않다면 말입니다요. 선생님께서 돈을 꼭
필요로 하고, 그래서 땅을 파실 거라면……. (그때
주점 안쪽에서 주인을 찾는 소리가 들려온다) 들어가네!
(교사의 손을 잡으며) 잘 생각해 보십시오. 조용히 생
각해 보세요. 하지만 저도 50파운드 이상은 드릴
수가 없을 겁니다요. (주점 안으로 들어간다)

교 사 안도라 사람들은 사람은 좋지만 돈 얘기만 나오
면 유태인 같아진다고?

교사는 한 번 더 빈 잔을 기울인다. 그 사이에 바르플린이 축제 행
렬에 참가할 옷을 입고 집에서 나온다. 교사를 발견한다.

바르플린 아버지세요?

교 사 어? 응. 넌 왜 축제 행렬에 나가지 않구?

바르플린 아버진 성 게오르그 축제일엔 술을 안 마시

　　　겠다고 저와 약속하셨지요?

교 사 (동전을 탁자 위에 꺼내 놓는다)

바르플린 행렬이 이곳을 지날 거예요.

교 사 목수 수업을 시키는 데 50파운드라!

시끄러운 소음. 명랑한 노랫소리, 종소리가 들려오고 축제 행렬이
뒤쪽에서 나타난다. 바르플린은 무릎을 꿇고, 교사는 여전히 탁자
앞에 앉아 있다. 무릎을 꿇고 있는 사람들 너머로 창검을 든 사람
들을 뒤에 세우고 깃대와 성모 상이 앞으로 운반되어 나오는 게 보
인다. 모든 사람들이 성호(聖號)를 긋는다. 교사는 술집 안으로
들어가 버린다. 느릿느릿한 긴 축제 행렬이 화사하고 아름답다. 명
랑한 노랫소리는 멀리 사라지고 종소리만 여전하다. 안드리가 주점
에서 나오고, 그러는 사이에 사람들은 행렬에 끼어든다. 안드리는
밑으로 피한다.

안드리 바르플린!

바르플린 (다시 한 번 성호를 긋는다)

안드리 안 들리니?

바르플린 (일어선다)

안드리 바르플린!

바르플린 응?

안드리 난 목수가 될 거다!

그러나 바르플린은 행렬 뒤를 따라가고 안드리만 남는다.

안드리 숲속에서 푸르게 빛난 오늘의 햇살, 그리고 저
종소리, 저건 나를 위해 울리고 있는 거다. (자기
앞치마를 벗는다) 나중에 사람들은 내가 환호성을 질
렀다고 하겠지. 하지만 난 앞치마를 벗었을 뿐이
야. 그런데 왜 갑자기 이렇게 조용할까? 모자를 공
중에 던지는 것처럼 난 내 이름을 공중에 냅다 던
져 올리고 싶구나. 그런데도 이렇게 멍청히 서서
앞치마만 돌돌 말고 있어. 행복이란 그런 것이겠
지. 난 지금 내가 여기 이렇게 서 있는 사실을 결
코 잊지 않을 거야. (주점 쪽에서 소음이 들려온다) 바
르플린 우리 결혼하자. (퇴장한다)

주점에서 주점 주인이 군인을 몰아내고 있다. 군인은 작은 북을 가
지고 비틀거리며 쫓겨 나온다.

주 인 나가! 벌써 곤드레가 됐잖아. 조금만 취해도 말
썽인 친구가 술을 찾기는…… 나가라니까! 당신한
텐 이제 한 방울도 더 팔 수 없어!
군 인 난 군인이야!
주 인 그거야 보면 모를까.
군 인 난 파이더란 놈이라구.

주 인 알아, 파이더.

군 인 그럼 술을 줘야지.

주 인 닥쳐, 시끄럽게시리 고래고래 소리지르지 말구!

군 인 그 처녀 어디 있지?

주 인 암만 찾아다녀도 소용없어. 파이더, 저쪽에서 생
       각이 없으면 그만인 거야. 북채는 집어넣어. 그걸
       로 뭘 어쩌겠다는 거야. 취했어? 군대의 명예를 생
       각해야지. (주점 안으로 들어가 버린다)

군 인 똥을 쌀 녀석! 저런 놈들을 위해서 내가 싸워?
       어림없다. 그렇지만 싸우긴 싸워야지. 그래, 그건
       틀림없어. 최후의 한 사람까지, 노예가 되느니 죽
       는 게 낫다. 그건 분명해. 나는 군인이니까. 그리
       고 그 처녀가 탐난다, 이런 말씀이야.

       안드리는 자켓을 입고 등장한다.

군 인 야, 걘 어디 갔니?

안드리 누구 말이야?

군 인 네 누님 말이다.

안드리 난 누님이 없는걸.

군 인 바르플린 말이다. 어디 갔어?

안드리 왜 그러시지?

군 인   이 몸은 지금 휴가중이라구. 그리고 개가 탐난
　　　다 이런 말씀이구. 알아듣겠어?

　　　안드리는 자켓을 여미며 그냥 지나가려 한다. 그러자 군인이 발을
　　　건다. 안드리는 넘어지고 군인은 웃는다

군 인   이놈아, 군인은 허수아비가 아니라는 걸 알아둬.
　　　그렇게 호락호락 내 뺄 수 있을 성싶어? 난 군인이
　　　라구. 그리고 네놈은 유태인이구.(안드리, 말없이 일
　　　어선다) 그래 네놈이 유태인이 아니란 말이냐? (안
　　　드리는 잠자코 있다) 그렇지만 네놈은 행복하다. 말하
　　　자면 저주받은 행복이지. 모든 유태인이 너처럼 다
　　　행복한 건 아냐. 말하자면 넌 동정을 살 수 있다는
　　　거지. 네놈은 동정을 살 수 있다니까.

안드리   누구한테서?

군 인   우리 군인한테서지.

안드리   네게선 찌꺼기 냄새가 난다.

군 인   뭐라구?

안드리   그만두자.

군 인   냄새가 난다구?

안드리   바람 부는 쪽으로 좀 보시지.

군 인   말 조심해! (숨결에서 냄새를 맡으려 하며) 아무 냄

새도 안 나잖아. (안드리가 웃는다) 웃을 거 없어. 유
태인에겐 이 세상에 웃을 일이 없다구. 너 같은 유
태인은 남의 동정이나 사야 한다는 걸 몰라?

안드리 어째서 그렇다는 거냐?

군 인 누군가 애인이 있는 친구라면 그건 군인인 거
고, 그런 군인의 연애 생활이라는 건 군인의 생활
인 거야. 군복도 못 입은 덜된 작자가 신사처럼 하
품하지 말라 이거야, 내 말은. 군인이라면 애인이
있고 애인을 가진 자라면, 가진 자라면……!

안드리 혼자 떠들어도 되겠지?

군 인 뭐야?

안드리 가도 좋으냐고 물었어.

군 인 가십시요, 장교님.

안드리 난 장교가 아니야.

군 인 보이던가?

안드리 그만두었지, 그건.

군 인 그런데 사내가 군인도 못 되니, 넌?

안드리 이게 뭔지 아시겠어?

군 인 돈이냐?

안드리 내 봉급이지. 난 목수가 될 판이라구.

군 인 경을 칠!

안드리 뭐라구?

군 인 경을 칠 자식이라구 했다. (손으로 그의 돈을 탁 치
　　　고 웃으며) 저것 보라지! (안드리, 군인을 노려본다) 유
　　　태놈들은 그저 돈밖에 모른다니까. (안드리는 참느라
　　　고 애쓴다. 그리고 몸을 굽혀 땅에 떨어진 동전을 줍는다)
　　　그러면서도 동정을 사겠다 이거지?

안드리 그따위 것은 천만 번 사양한다.

군 인 정말이냐?

안드리 정말이 아니면 개놈이게.

군 인 너 같은 놈을 위해 싸워야 한다니, 마지막 한 사
　　　람까지. 이놈아, 1개 대대가 12개 대대에 대항해
　　　서 싸운다는 게 뭔지나 아냐? 노예가 되느니 죽는
　　　게 낫다는 거. 그건 틀림없는 사실이지만, 너 같은
　　　놈을 위해선 정말 못할 노릇이다, 이놈아!

안드리 흥, 틀림없는 사실이긴 뭐가 틀림없는 사실이냐?

군 인 안도라 사람들은 겁쟁이가 아냐. 그들이 설사
　　　메뚜기떼처럼 하늘에서 낙하산을 타고 내려온다구
　　　해도 어림없다. 정말 나한테는, 이 파이더한테는
　　　어림없지. 아주 놀라운 꼴들을 당하고 말걸.

안드리 누가 놀라운 꼴을 당한다는 거냐?

군 인 놈들도 나를 어쩌지는 못한다 이거지. (백치가 온

다. 그는 히죽히죽 웃는 것과 고개를 끄덕거릴 줄밖에 모른
다. 파이더는 그를 향해 말을 하는데, 그로서는 가상적인
군중을 향해 말하는 것이 된다)

당신네들은 저 작자의 소릴 들었습니까? 작자는
우리가 무서워한다고 믿고 있습니다. 그건 자기 자
신이 무서우니까 우리도 그러리라 생각하는 거지
요. 우리는 마지막 한 사람까지 싸울 것입니다. 놈
은 우리가 그들의 우세한 군세 때문에 목숨을 걸고
싸우기는커녕, 꽁무니를 빼며 바지에다 똥을 쌀 것
이고 그 똥이 장화에까지 흘러 내려올 거라고까지
지껄이고 있습니다. 내 얼굴에다 대고 감히 군대를
맞대 놓고 말입니다.

안드리 그런 소릴 난 한 적도 없어.

군 인 당신네도 그 소릴 들었지요?

백 치 (싱글거리면서 끄덕인다)

군 인 안도라 사람이라면 무서울 것이 없습니다.

안드리 그 말은 지난번에도 하셨지, 아마.

군 인 그러나 네놈은 무섭지?

안드리 (잠자코 있다)

군 인 네놈은 겁쟁이니까, 으레 그럴 거다.

안드리 내가 어째서 겁쟁이란 말이냐?

군 인 넌 유태인이니까.

백 치 (싱글거리며 끄덕인다)

군 인 가야겠군.

안드리 가시라지, 그렇지만 바르플린한테로 가진 말아!

군 인 왜 시뻘게 가지고 소릴 지르니?

안드리 바르플린은 내 약혼녀다.

군 인 (웃는다)

안드리 그건 정말이다.

군 인 (소리 높여) 군복을 입고 염소를 탄 주제에, 아니
    군복도 못 입고 염소를 탄 주제에, 아니지, 염소가
    아니겠군.

안드리 시끄러워!

군 인 약혼녀라고 했겠다?

안드리 바르플린은 너 같은 작자에겐 등을 보일 뿐이
    란 것을 알아두라구!

군 인 상관없어. 뒤에서 안으면 되니까.

안드리 저 짐승 같은 놈!

군 인 뭐라고 했지?

안드리 짐승이라구 했다.

군 인 어디 한 번 더 말해 봐라. 왜 그렇게 떠니! 다시
    한 번 말해 보란 말이야! 하지만 크게, 온 동네가

다 듣게시리 소리쳐 보란 말이야!

안드리는 홱 돌아서서 가버린다.

군　인　저녀석이 여기서 뭐라고 했지?

백　치　(싱글거리며 끄덕이기만 한다)

군　인　짐승이라고? 내가 짐승이라고?

백　치　(싱글거리며 끄덕인다)

군　인　저 자식, 이제 내 동정을 사기는 다 글렀다!

무대 전면
스포트라이트가 비치면, 무대 전면이 증언대가 된다. 주점 주인이
앞치마를 벗으며 증언대로 나온다.

주　인　우리들의 이 이야기에 있어서, 잘못 생각하고
있었다는 거, 그건 사실입니다. 그러나 그 당시에
는 모든 사람들이 그렇게 믿었듯이 저도 물론 그렇
게 믿고 있었습니다. 그 자신도 그렇게 믿고 있었
습죠. 마지막까지 말입니다요. 우리들의 학교 선생
이, 그 아이를 저 너머 검은 군대들한테서 살려낸
유태인 아이라고 늘 그래 왔습니다. 그래서 우린
우리의 학교 선생에게 잘한 일이라고 그래 왔습죠.
그 선생은 또 그애를 자기 친자식처럼 돌보기까지

해왔으니, 우리가 그걸 장한 일이라고 생각했을 건 당연한 일이었습죠. 그런 우리가, 아니 그런 제가 그 아이를 말뚝에다 묶을 수 있었겠습니까? 안드리가 우리 그 선생의 아들이라는 것을 알 수 있었던 사람은 우리 중엔 하나도 없었습니다. 그애가 우리 집 보이로 있었을 때, 그애가 우리들 선생의 친 아들이라는 걸 알았다면, 어떻게 제가 그애를 그렇게 대했겠습니까? 나중에 일이 그렇게 되고 말았다는 데엔 전 정말 아무런 책임이 없습니다요. 이거야말로 제가 몇 년 뒤에까지도 그 일에 대해서 말할 수 있는 것의 전붑니다요.

불이 꺼진다.

제 2 장

안드리와 바르플린이 바르플린의 방문 앞에 자리잡고 앉아 있다.

바르플린 자는 거야, 안드리?

안드리 아아니.

바르플린 그럼 어째서 나한테 키스해 주지 않는 거야?

안드리 난 깨어 있어, 바르플린. 난 생각하고 있는 거야.

바르플린 생각을 밤새도록 해?

안드리 난 남들이 얘기하는 게 정말인지 아닌질 모르
　겠어.

바르플린은 그의 무릎 위에 누웠다가 일어나 앉으며 머리를 푼다.

안드리 넌 그들 말이 옳다고 생각하니?

바르플린 그린 애긴 이제 그만헤, 안드리. (머리를 매만
　진다)

안드리 어쩌면 그들이 옳을지도 몰라.

바르플린 내 머릴 아주 헝클어 놓고 말았네.

안드리 그들은 나 같은 놈은 감정도 없다고들 말하고

있어.

바르플린 누가?

안드리 많은 사람들이.

바르플린 이젠 내 블라우스나 좀 봐!

안드리 모두가 그러더라.

바르플린 나 블라우스 벗을까? (블라우스를 벗는다)

안드리 나는 마음도 없는 놈이래. 그러면서 음탕하다
구 그러더라.

바르플린 자긴 생각을 너무 많이 해! (다시 그의 무릎에
눕는다)

안드리 난 네 머리카락이 좋다. 너의 붉은 이 머리카
락이 좋아. 가볍고 따뜻한 네 머리. 바르플린, 네
머리를 잃는다면 난 죽을 거야. (그녀의 머리에 키스
한다) 그런데 왜 자지 않니?

바르플린 (귀를 기울인다)

안드리 무슨 소리가 났지?

바르플린 고양인가 봐.

안드리 (귀를 기울인다)

바르플린 그놈을 본 적이 있어.

안드리 저게 고양이 소리야?

바르플린 엄마 아빠 벌써부터 주무신단 말이야. (다시

그의 무릎에 누우며) 키스해 줘!

안드리　(웃는다)

바르플린　왜 웃어?

안드리　난 감사해야 할 거야.

바르플린　무슨 얘긴지 모르겠네.

안드리　너의 아버지한테 말이다. 그분이 날 구해 주셨지. 한데 내가 그분의 딸을 유혹한다면, 그분은 그걸 배신이라고 생각하실지도 몰라. 난 웃고 있지만, 이건 웃을 일이 아니지. 자기가 살아 있다는 걸 다른 사람에게 줄곧 감사해야 한다면, 그건 웃을 일이 못 되는 걸 거야. (사이를 두었다가) 아마 난 그것 때문에 명랑하지가 못한 모양이야.

바르플린　(그에게 키스한다)

안드리　바르플린, 네가 날 좋아한다는 게 사실이야?

바르플린　그걸 왜 매일 물어?

안드리　그게 사실이라면, 다른 사람들은 참 재미있어 할 거다.

바르플린　그까짓 다른 사람들!

안드리　그들이 옳은지도 몰라. 난 겁쟁인가 봐. 그렇지 않으면 너희 아버지한테 우리 둘이 약혼했다고 말할 수 있을 텐데. 너도 내가 겁쟁이라고 생각하지 않니?

(멀리서 고함치는 소리가 들려온다)

저것이 아직도 소릴 지르고 있구나.

(고함소리 사라진다)

바르플린　그놈이 성가시게 굴지 못하도록 이젠 밖엔 나가지도 말아야겠어. 안드리가 일하러 나가면 난 하루 종일 자기만 생각해. 지금은 자기가 여기 있고, 우린 둘 뿐이야. 자기도 내가 자길 생각하는 것처럼 날 생각해 주면 좋겠어. 안드리, 다른 여자는 안 돼, 응? 나만을, 그리고 우리 둘만을 생각해. 나는 자기를 이 세상의 누구보다도 더 사랑해. 그러니 조금쯤은 삐겨도 된단 말이야.

안드리　난 삐기는 게 두렵다.

바르플린　나 키스하고 싶어. (안드리가 키스해 준다) 더, 더 많이 해줘! (안드리는 생각에 잠긴다) 자기가 내 팔을 붙들고 키스를 해줄 때면 난 세상의 어떤 다른 사람의 생각도 안해. 안드리, 내가 자기 이외의 딴 사람 생각은 하지도 않는다는 걸 믿어 줘.

안드리　……그렇지만 나는…….

바르플린　아, 그런 자기가 온 종일 다른 사람과 시간을 보내야 하다니!

안드리 그자가 또 내게 발을 걸었어. (탑시계가 종을 친다)
   난 어째서 다른 사람들과 다른지 모르겠어. 그걸
   좀 가르쳐 줘 봐. 무엇이 다르니? 무엇 때문에 남들
   은 날 그렇게 보는 거야? (탑시계가 또 한 번 울린다)
   벌써 세시로구나.

바르플린 들어가서 자자.

안드리 널 지루하게 했구나. (바르플린은 잠자코 있다)
   촛불은 끌까? 자는 데는 그게 좋을 거야.
   일곱시에 깨울게. (사이를 두었다가) 저주받은 인간
   이 있다는 건 미신이 아니야. 천만의 말씀이구말
   구. 저주받은 인간은 있어. 다른 사람들은 마음대
   로 할 수가 있지. 훑어보고 싶으면 훑어보고, 자기
   가 원하는 대로 할 수 있어. 그게 제일 더럽지. 너
   를 원하면 너를 제 것으로 만들 수도 있단 말이다.
   저주받은 인간은 어떻게 해야 그들의 그런 횡포로
   부터 피할 수가 있지? 훨훨 날아서 도망을 가버
   려? 소용없어. 그들은 어디에나 있는 거니까. 그들
   은 어느 날엔가는 저주받은 인간을 잡아 죽이려 할
   거야. (양초를 손에 들며) 파이더란 군인 알지?(바르
   플린은 졸음에 겨워서 잠투정을 한다)

바르플린, 그놈은 너한테 눈독을 들이고 있단다.
그 데데한 놈이. (바르플린을 살펴보고) 그래, 그럴 줄
알았다. 벌써 잠이 들었구나. (불어서 촛불을 끈다)

무대 전면
무대 전면의 증언대로 목수가 나온다.

목 수   옳은 말씀입니다. 그애를 내 밑에서 목수 수업
을 시키는 데 난 50파운드를 요구했습죠. 그것은
바로 그애를 내 목공소에 두고 싶지 않다는 얘기였
습니다요. 난 그애를 내 목공소에 두었다간 귀찮은
일이 반드시 일어날 것으로 생각했으니까요. 어째
서 그애는 장사꾼이 되려 하질 않았을까요? 그것
이 그애한텐 유리했을 텐데 하고 저는 생각했었습
니다. 그애가 실은 그런 애가 아니라는 걸 알 수
있는 사람은 하나도 없었으니, 제가 그렇게 생각했
던 것도 당연하지요. 따지고 보면, 우리 마을 선생
의 말을 너무 좋게만 믿었던 탓이라고나 하겠습니
다. 그러니 나중에 일이 그렇게 되었다는 데에 저
는 책임이 없습니다요. 없구말굽쇼.

제 3 장

목공소 안. 기계톱 소리. 안드리와 견습생 하나가 각각 완성한 의자에 마지막 손질을 하고 있다.

안드리 다른 친구들이 싫다면 나를 그 자리에 써줘. 나도 레프트 윙을 해본 적이 있으니까. 너희 팀에서 날 받아 주기만 한다면, 난 물론 하겠어.

견습생 축구화는 있니?

안드리 그건 없는데.

견습생 그게 필요할 텐데?

안드리 그게 얼마나 하니?

견습생 나한테 쓰던 게 한 켤레 있는데 너한테 팔게. 그리고 또 까만 팬츠와 노란 윗도리도 필요하겠구나. 노란 스타킹도 필요하겠구.

안드리 난 라이트가 더 강해. 하지만 너희들이 레프트 윙이 필요하다면, 그러니까 코너킥쯤은 차넣을 수 있는 거지. (손을 싹싹 비비며) 그렇게 되면 참 신나겠다. 페드리.

견습생　안 될 것도 없잖아?

안드리　거 참 신나는데.

견습생　내가 주장이고, 너는 내 친군데 뭐.

안드리　이제 난 연습을 많이 해야겠지?

견습생　연습을 하는 건 좋지만, 그렇게 손을 싹싹 비비
진 말아. 사람들이 그걸 보면 모두 웃을 것 아니냐.

　(안드리는 두 손을 바지 주머니에 찌른다) 담배 있니? 있
으면 하나 주라. 영감님은 내게 잔소리하는 법이
없어. 영감님은 흔히 제 목소리에 제가 놀라지. 영
감님이 내게 잔소리하는 건 너두 못 들어 봤지?

　(담배를 받아 피워 문다)

안드리　참 신나는데. 네가 내 친구가 됐으니 참 잘됐
다, 페드리.

견습생　그게 네가 만든 첫번째 의자지?

안드리　응, 어때 보여?

　(견습생은 안드리의 의자를 집어들더니 다리를 뽑으려 한
다. 안드리가 웃는다)

　그건 빼게 만든 게 아냐.

견습생　그래도 영감님은 이렇게 해본단 말이야.

안드리　그럼 해보려무나.

　(견습생은 의자 다리를 뽑아 보려 하지만, 억척이다)

영감님이 저기 오시는구나.

견습생 의자 잘 만들었다 야.

안드리 잘 만들기는, 아교만 발라서 붙였다가는 부서지
기가 십상이겠기에 그저 사개나 맞췄을 뿐이지 뭐.

목수 영감이 들어온다.

목 수 너희들이 만든 것도 여기서 만든 거니까, 프라더
상회 제품이 되는 거다. 프라더 상회 제품은 부서
지지 않는 게 특징이지. 그건 어린애들도 아는 사
실이다. 그리고 물건이 물건이니만큼 에누린 없다.

(두 젊은이에게)

그런데 너희들은 뭐 휴가라도 즐기는 거냐?

(견습생은 얼굴을 찌푸린다)

아니, 어느 놈이 여기서 또 담배를 피웠어?

(안드리는 잠자코 있다)

배짱만큼 일 솜씨도 실팍해 봐라, 이놈들아.

안드리 오늘이 토요일입니다, 영감님.

목 수 그게 뭐 어쨌다는 거야?

안드리 제 견습 시험을 보신다고 하시잖았어요? 이 달
마지막 토요일이라고 하셨어요. 그래서 말씀하신
대로 여기 제 첫 의자를 하나 만들었습니다.

(그러자 목수는 의자 하나를 집어든다)

그게 아니고 이쪽 겁니다, 영감님!

목 수 (개의치 않으며) 목수가 된다는 건 소질이 없이는
힘든 일이다. 네놈이 소질을 어디서 받았겠냐? 너
의 양아버님한테두 말했지만, 네 녀석은 왜 장사일
이나 하려 하질 않니? 목수가 되려면 목재와 함께
자랐어야 해. 그건 너도 알 만하지 않니? 목재 말
이다. 레바논산 삼목은 다루기가 좋지만, 여기선
안도라 산 참나무 목재로 일을 한단 말이다. 이것
두 안도라 산 참나문게야. 알구나 다뤘냐?

안드리 그건 너도밤나문데요.

목 수 네가 날 가르치겠다는 거냐?

안드리 영감님께서 절 시험하시는 건 줄 알고 말씀드
린 것뿐이에요.

목 수 (책상 다리를 잡아 빼려 한다)

안드리 영감님, 그건 제 것이 아니래두요.

목 수 이것 보라지! (다리 하나를 뽑아낸다) 내가 뭐라구
했냐? (나머지 세 다리를 다 뽑아내며) 의자 다리라구
붙어 있는 것이 꼭 개구리 다리 같군. 그래 이런
걸 상품으로 팔겠다는 게냐? 프라더 가구 상회가
어떤 덴지도 모르느냐, 이놈아? 이걸 봐!

안드리 아닙니다, 영감님. 그런 게 아니예요.

목 수 (진짜 안드리가 만든 의자에 털썩 주저앉으며) 내 몸무
게가 백 킬로다. 진짜 의자라는 건 이것처럼 삐걱
소리두 안 나야 해, 이걸 봐라. 나같이 몸집 큰 사
나이가 앉았는데두, 어디 이게 끄덕이나 하니? 찍
소리 하나 없지?

안드리 네, 없습니다.

목 수 어디 흔들거리거나 하니?

안드리 아니오.

목 수 그렇지? 우리 상회의 의자란 이래야 하는 거야!

안드리 그런데 그건 제가 만든 겁니다.

목 수 이걸 네가 만들었다면, 저건 누가 만들었고?

안드리 하여튼 제가 만든 건 앉아 계신 그 의잡니다.

목 수 페드리! 페드리 이놈아!

      (기계톱 소리가 멎는다)

      네놈하군 화나는 일밖에 없구나. 너 같은 놈을 애
초에 받아 준 것이 잘못이지! 벌써 짐작하고 있었
다! (견습생, 페드리가 나온다) 페드리, 넌 뭐 하는 놈
이냐? 네가 내 목공소에서 일 배운다는 놈이냐?

견습생 아니, 저…… 왜 그러세요?

목 수 너 우리 프라더 목공소에서 얼마 동안 일했지?

견습생 오 년 됐습니다.

목 수 좋다. 어떤 의자가 네가 만든 거지? 자, 대답해
봐! 이거냐, 저거냐? (견습생은 부서진 것을 살펴본다)
냉큼 바른 소릴하지 못해!

견습생 ……저…….

목 수 네놈 그래 사개는 맞췄었니?

견습생 의자야 그럼 사개 안 맞추고 어떻게 만듭니까.

목 수 (안드리에게) 자, 네놈두 저 말 들었지?

견습생 아교만 부쳤다가는 대번 떨어지면서 부서지고
말지요.

목 수 시끄럽다, 이놈아! 네놈은 공장으로 들어가 있
어!

견습생 (의아한 표정)

목 수 썩 들어가지 못해!(견습생은 급히 나간다) 자, 안드
리, 이걸 교훈으로 삼아라. 난 벌써부터 네가 목수
일엔 걸맞지 않는 자라는 걸 알고 있었다.
　　(앉은 채 파이프에 담배를 채우며) 목재가 아깝군.

안드리 (잠자코 있다)

목 수 불이나 때버려라.

안드리 그래서는 안 됩니다.

목 수 (파이프에 불을 붙인다)

안드리 그건 비열한 짓입니다.

목 수 (파이프만 뻐끔거린다)

안드리 제 말은 왜 듣지도 않으시는 겁니까. 영감님이
앉아 계신 의자가 제가 만든 겁니다. 벌써 그건 말
씀드렸지 않아요. 영감님은 그걸 뻔히 아시면서 장
난질을 치고 계시는 겁니다. 담배에 불을 붙여 가
면서요. 전 그러는 영감님네들이 무섭습니다. 이렇
게 몸이 떨려요. 어째서 전 영감님들 앞에서 진실
을 주장할 권리까지도 못 가진다는 겁니까? 전 어
립니다. 그래서 겸손해야 한다고 생각해요. 그러나
저에 관한 것이라면 그 무엇도 묵살해 버리고 마십
니다. 증명을 해보여도 소용이 없어요. 영감님께서
는 제 의자에 앉아 계십니다. 한데 아무렇지도 않
단 말씀입니다. 그러니 전 제가 하고 싶은 일을 할
수가 있습니다. 그렇지만 영감님네들이 늘상 그래
왔듯이, 그 일도 뒤틀어 놉니다. 그런 조롱은 끝이
없습니다. 전 더 이상 입을 다물고 있을 수 없어
요. 견딜 수가 없어요. 도대체 듣고나 계시는 겁니
까? 영감님은 파이프만 뻑뻑 피우고 계시는군요.
그래도 전 할 소린 하겠습니다. 영감님은 지금도
허튼 수작을 하고 계시는 겁니다. 영감님 자신도

자신이 얼마나 비열한지 잘 알고 계실 겁니다. 정
말 비열합니다. 영감님께선 제가 만든 의자에 앉아
서 담배를 태우시고 계십니다. 그러나 내가 유능하
다는 것을 싫어하고 계세요. 그래서 터무니없이 날
중상하고 욕합니다. 영감님들은 모두가 그러지요.
그칠 새 없이 그럽니다. 어째서 영감님들의 감정은
그 꼴이고, 어째서 그 감정이 진실보다도 앞서는
것이어야 한다는 겁니까? 영감님께서도 진실이 뭔
지 잘 아시죠? 거기에 앉아 계시니까, 그걸 아실
겁니다. 그러면서도 조금도 창피를 못 느끼신다는
겁니까?

목 수 작작 지껄여, 인석아!

안드리 영감님은 꼭 두꺼비처럼 보입니다.

목 수 여긴 유태인의 교회당이 아니라는 걸 모르겠나,
　　　이놈아!

　　　(견습공들이 공장 쪽에서 내다보며 킬킬 웃고 있다)

목 수 (견습공들에게) 인석들아, 내가 너희들 전 축구
　　　멤버를 해고해야 하겠니! (견습공들, 후다닥 모습을 감
　　　춘다. 그러자 다시 안드리에게) 잘 들어 둬라. 첫째로
　　　여긴 유태인의 교회당이 아니고, 둘째로 내가 그렇
　　　다고 너를 해고한다고는 한 마디도 안했다. 네겐

다른 일거릴 주겠어. 그러니 네 녀석은 주인이 말
할 때 잘 듣기나 하란 말이야. 네가 얻어 들여오는
주문 감으로 내 한 건에 반 파운드씩 주겠다. 아
니, 까짓거 세 건의 주문에 한 파운드라고 해두자.
한 파운드 말이다. 너 같은 놈에겐 소질에 딱 알맞
는 일거리가 그거다. 그리고 모든 사람은 자기 소
질이 있는 일을 해야 한단 말이다. 넌 돈을 벌 수
있어. 아주 많이 벌 수 있단 말이다, 안드리.(안드
리는 움직일 줄 모른다) 자, 이젠 됐지? 약속하자.(그
는 일어나면서 안드리의 어깨를 두드린다) 난 이래 보여
도 너에겐 호의를 가지고 있거든.

퇴장한다. 다시 기계톱 소리 들려오고,

안드리 아, 나는 정말 목수가 되고 싶었는데…….

무대 전면

무대 전면의 증인대에 가죽 잠바를 입은 견습생이 나온다.

견습생 사실 그랬습니다. 그 망가진 의자는 제 의자였
지 그가 만든 의자는 아니었습니다. 나중에 그걸
밝히려고 했었지요. 그러나 이미 그 친구와는 이야

기도 할 수 없이 되어 버리고 말았습니다. 끝까지도 그 친구가 참을 수 없었다는 것은 저도 인정합니다. 그 친구는 누구에게도 인사를 해본 일이 없었습니다. 그렇게 쌀쌀했어요. 그렇지만 않았으면 일이 그렇게 되진 않았을지도 모릅니다. 나중에 그들이 그를 데려간 것에 대해서 저는 정말 책임이 없습니다.

제 4 장

안드리 아, 아, 안—— 안도라.

의 사 더 크게 해봐요, 젊은이. 아주 크게.

안드리 아, 아, 아, 아, 아—— 안도라.

의 사 (어머니에게) 긴 숟가락이 있습니까?(어머니가 부엌으로 나간다) 몇 살인가, 자네?

안드리 스무 살입니다.

의 사 (가느다란 여송연에 불을 붙인다)

안드리 저는 아직 병 같은 건 걸려 본 적이 없습니다.

의 사 자넨 튼튼한 젊은이야. 그야 척 보면 알지, 훌륭한 청년이야. 건강한 청년이군 그래, 마음에 드네. 건전한 육체에 건전한 정신이란 뜻을 자넨 아는가?

안드리 모르겠는데요.

의 사 자네 직업은 뭔가?

안드리 저는 목수가 되려 했습니다만……

의 사 눈을 좀 보여 주게. (주머니에서 확대경을 꺼내 눈을 검사하며) 이쪽도.

안드리 뭔가요? 바이러슨가요?

의 사 자네 아버지를 본 것이 20년 전인가? 우린 어렸을 적 친구지, 그런데 아들이 있다는 걸 전혀 몰랐군. 우린 자네 아버질 수퇘지라고 불렀네. 항상 억지를 부렸거든. 그 친구는 당시 학교 교과서를 찢은 교사로 세상을 떠들썩하게 했었지. 자네 아버지는 다른 직업을 택하려 했지만, 다른 직업을 얻지 못하게 되자 교사가 되어 아이들을 가르쳤다네. 안도라에서 나온 책은 전부 거짓말이라고 하면서 책장마다 빨간 연필로 그어 버리면서 말이야. 그러나 아무도 그를 말리지 못했지. 고집이 굉장한 친구였으니까. 그가 무얼 할 건지는 정말 아무도 몰랐다네. 말썽꾸러기였거든. 그래서 처녀들은 그 친구를 좋아했지. (어머니가 긴 숟가락을 가지고 들어온다) 아드님이 마음에 듭니다. (진찰을 계속한다) 목수란 훌륭한 직업이지. 안도라 사람다운 직업일세. 이 세상에 안도라의 목수만큼 훌륭한 목수는 없네. 그건 다 알려진 사실이지, 아—

안드리 아, 아, 아, 아, —아안도라.

의 사   한 번 더.

어머니   악성인가요, 선생님?

의 사   선생님이라뇨! 그냥 페러라고 불러 주십시오.
（맥박을 재며） 따지자면 전 그냥 의사가 아니라 교수
지만, 칭호 따윈 대수롭게 여기질 않습니다. 부인,
안도라 사람들이 소박하고 솔직하다는 거, 그거 참
좋은 겁니다. 우리 안도라 사람들은 굽실거릴 줄을
모르죠. 저는 그밖에도 여러 가지 칭호를 얻을 수
있었지만, 저 역시 안도라 공화국 사람이지요. 전
그걸 세상 사람들에게 강조해 왔습니다. 예를 들면
우리 나라에서는 호칭 같은 건 아무런 역할도 못하
지요. 어째서 제가 공부를 마치고도 10년이나 지
나서 다시 돌아왔는지 아시겠습니까?
（맥박을 재느라고 잠자코 있다가） 흠.

어머니   악성인가요, 교수님?

의 사   부인, 누구든지 저만큼 이 세상을 돌아다녔으면
고향이라는 게 무언지를 알 겁니다. 칭호야 생겼건
안 생겼건, 저는 이제 이곳에 뿌리를 내릴 겁니다.

안드리가 기침을 한다.

언제부터 기침했죠?

안드리 선생님 담배 때문입니다. 그 담배 때문이에요.
의 사 안도라는 작지만 자유스러운 나랍니다. 이런 곳
        이 또 어디에 있겠습니까? 이 세상 어느 나라도
        그런 아름다운 이름을 가진 나라는 없습니다. 그리
        고 이 세상 어느 곳에도 이렇게 자유스런 민족은
        없습니다. 입을 벌리게, 젊은이, 입을.
          (다시 한 번 목 안을 들여다보고는 숟가락을 끄집어낸다)
        머리가 아픈가?
안드리 제가요? 아니오.
의 사 불면증은 없나?
안드리 잠 안 오는 일은 자주 있습니다. 아주 자주요.
의 사 아하.
안드리 그러나 목 때문은 아닐 겝니다. (그러나 의사는
        다시 한 번 숟가락을 안드리의 목 안에 밀어넣는다)
        아아, 안도라.
의 사 좋네, 젊은이. 유태인은 누구나 다 우리 나라 이
        름을, 그렇게 생사람이 땅 속으로 꺼질 때 부르는
        것처럼 부른다네.(안드리는 갑자기 움찔한다) 아아, 숟
        가락 삼킬라.
어머니 안드리.
안드리 (벌떡 일어선다)

의 사 그리 심하진 않습니다. 염증이 조금 있군요. 별
　　　로 걱정하실 건 없습니다. 약을 줄 테니 식사 때마
　　　다 한 알씩 먹게.

안드리 어째서 유태인은 우리 나라를 그렇게 생사람이
　　　땅 속으로 꺼질 때처럼 불러야 한다는 겁니까?

의 사 이 약이 도대체 어디로 갔나? (가방을 뒤적이며)
　　　이 친구야, 자넨 아직 이 세상을 나가 본 적이 없
　　　기 때문에 그런 걸 묻는 걸세. 난 유태인을 아네.
　　　그놈들은 어디를 가든 도사리고 앉아 있어. 누구보
　　　다도 머리가 좋단 말일세. 그래서 소박하고 순진한
　　　우리 안도라 사람 같은 자들은 짐을 꾸려야 하는
　　　게야. 사실이 그런 데야 해볼 도리가 없지. 유태인
　　　에게서 나쁜 점은 공명심일세. 나도 경험했지만,
　　　그들은 이 세상 어느 곳에서나 교수직을 다 차지하
　　　고 있어. 그래서 우리 같은 놈들에겐 고향밖에 아
　　　무것도 남는 게 없게 되는 거지. 그렇다고 난 유태
　　　인에게 적개심을 갖는 건 아닐세. 난 참혹한 짓은
　　　싫어하거든, 유태인들을 구해 주기도 많이 구해주
　　　었지. 하긴 나는 유태인을 식별할 줄도 모르네만,
　　　그러나 그 대가가 무언지 아나? 그 사람들은 어쩔
　　　수 없는 사람들이야. 그들은 세계의 모든 교수직을

　　　　독차지하고 있다니까. 해볼 도리 없는 친구들이지.
　　　　(약을 꺼내며) 여기 자네 약이 있네. (안드리는 약을
　　　　받는 대신, 휙 나가 버린다)

의 사　저 친구가 갑자기 왜 저럽니까?

어머니　안드리! 안드리!

의 사　갑자기 휙 나가 버리다니?……

어머니　교수님, 교수님께서 좀 전에 그 유태인에 관한
　　　　애길 하지 말았으면 좋았을 걸 그랬습니다.

의 사　왜죠?

어머니　안드리는 유태인입니다.

　　　　교사가 겨드랑이에 책을 끼고 등장한다.

교 사　무슨 일이오?

어머니　아무것도 아니에요. 흥분하지 마세요.

의 사　어디 그걸 제가 알았어야죠.

교 사　뭘 말인가?

의 사　여보게, 자네 아들이 어째서 유태인이라는 건가?

교 사　(입을 꾹 다물고 있다)

의 사　갑자기, 말도 없이 왼쪽으로 휙 돌아서더니, 휭
　　　　하니 나가 버리지 않나. 자네 아들이 말일세. 나는
　　　　그애를 의사의 입장에서 다뤘을 뿐인데 말일세. 잡

담까지 나눠 가면서 말이야. 난 바이러스가 뭔가도
설명해 줬다네.

교 사 나는 일할 게 있네.

　　　(그러고는 입을 다문다)

어머니 안드리는 우리 양자예요.

교 사 잘 가게.

의 사 (안드리의 어머니에게) 안녕히 계십시오.

　　　(모자와 가발을 집으며, 교사에게)

　　　그러지 않아도 가겠네.

　　　(나간다)

교 사 또 무슨 일이 생겼었소?

어머니 흥분부터 하지 마세요.

교 사 그 친구가 우리 집엔 왜 온 거야?

어머니 그분이 우리 지방에 새로 온 공의(公醫)래요.

　　　(그때 의사가 다시 들어온다)

의 사 여하튼 그 친구는 약을 먹어야 합니다. (모자를
벗으며) 용서하십시오. (모자를 다시 쓰며) 내가 도대
체 무슨 말을 했던가? 그래 단순한 얘기였네. 나는
그저 농담으로 그런 소릴 했던 것뿐이야. 정말 의
미 없이 한 농담이었네. 그런데 유태인들은 농담을
이해하지 못한단 말이야. 농담을 이해하는 유태인

을 본 적이 있나? 난 본 일이 없어. 나는 그렇다고
유태인들 흉을 본 것도 아니네. 본 대로 말했던 것
뿐이야. 안도라에선 아직 진실이라는 건 말할 수
있는 게 아니겠나.

교 사 (잠자코 있다)

의 사 내 모자가 어디 있더라?

교 사 (의사 앞으로 다가가더니 그의 머리에서 모자를 벗겨 가
지고 문 밖으로 휙 내던진다)
자네 모자 저기 있네!
(의사가 황급히 나간다)

어머니 그렇게 화를 내셔선 안 된다고 했잖아요. 그
분은 용서하지 않을 거예요. 그러니 당신은 누구하
고도 사이가 좋지 않아요. 그리고 안드리도 그래서
점점 누구와 어울리기가 어렵게 되어가구요.

교 사 그놈을 오라구 해!

어머니 안드리! 안드리!

교 사 그런 놈이, 그런 놈이 공의라니! 난 이 세상 사
람들에게 늘 불쾌한 짓을 하게 되는 습성이 있다는
것을 이해할 수가 없단 말이야.

안드리와 바르플린이 들어온다.

교 사 안드리, 이젠 이걸 끝으로 사람들의 그런 수다
엔 귀를 기울이지 마라. 나도 그런 수다에는 참을
수가 없다만, 너도 내가 그런 건 알지?

안드리 네, 아버지.

교 사 그 신임 공의인가 뭔가 하는 자가 다시 한 번 그
따위 못난 수작을 했다간, 이번엔 모자뿐만 아니라
그놈을 통째로 현관 계단 밖으로 던져 버릴 테다.
주제에 교수라구. 쫓겨나기나 하는 교수겠지. 그
자는 밀수업자의 아들놈에 지나지 않아. 나도 다른
안도라 사람들이나 마찬가지로 밀수를 하기는 했지
만, 그놈같이 칭호를 탐내진 않는다. (어머니에게)
난 그런 놈들은 하나도 부러울 것 없구 겁날 것도
없어. (안드리에게) 그런데 너도 말이다, 그런 작자
들을 두려워하지 마라, 알았지? 우리가 단결만 하
면 너하고 나하고 사나이답게 친구답게, 그리고 아
버지와 아들답게, 뭉치기만 하면 그런 작자들의 입
놀림 같은 건 정말 가소로운 거란다. 그런데 혹 내
가 너를 친아들처럼 대하지 않은 적이 있든? 널 무
시하거나 그런 적이 있든? 그런 일이 있었다면 똑
바로 말해 봐라, 안드리! 내가 저애와 널 달리 대
하는 적이라도 있었어? 똑바로 말을 해봐라, 안드

리! 자, 어서!

안드리   아버지, 제가 그런 걸 말해야 됩니까?

교 사   난 네가 도둑질한 소년처럼 그렇게 서 있거나,
　　　　날 겁내듯이 그렇게 얌전히 있는 것은 참을 수가
　　　　없단 말이다. 하긴 네가 내개 깃을 찢긴 적은 여러
　　　　번 있을 게다. 나는 자주 화를 냈으니까. 교육자로
　　　　서 참 옳지 못한 태도란 것을 잘 알고 있다. 하지
　　　　만 그런 때는 빼놓고 말이다. 그래 내가 널 차별
　　　　대우하든?

어머니   (식탁을 차린다)

교 사   아니면 어머니가 네게 무정하게 대하든?

어머니   여보, 무슨 말씀을 그렇게 하세요. 군중들 앞에
　　　　서 연설이나 하는 것처럼 소릴 버럭버럭 지르면서.

교 사   난 지금 안드리와 애기를 하는 거야.

어머니   그러니까 말이에요.

교 사   남자 대 남자로서 말을 해라.

어머니   식사나 하세요.

　　　　(안으로 사라진다)

교 사   내가 하려던 애기는 그게 전부다.

바르플린이 식탁을 마저 다 차려 놓는다.

　그자가 밖에서 그렇게 위대한 인물이었다면 어째서 그곳에 머물러 있지 않았겠니? 교수라고 하는 작자가 그 많은 대학에서 박사학위 하나도 못 따왔지 않니. 우리들의 공의가 된 그 애국자는 고향과 안도라란 말 빼놓고는 다른 말을 한 마디도 못했을 게다. 그런 자는 아무리 명예욕을 가졌어도 사람 꼴이 안 되는 것이고, 그건 누구의 책임도 아닌 게야. 그 책임을 결코 유태인이 질 것이 아니고 보면, 개의할 게 뭐냔 말이다. 그러니 그런 말에 더 이상 귀도 기울이지 마라.

어머니　(스프를 내온다)

교 사　그러니 안드리, 너도 말이다. 그런 말엔 신경 쓰지 마라, 알겠니? 난 그걸 참을 수가 없어. 그들은 자기들이 하는 말의 진실도 모르고 있다. 그들의 말은 하등 믿을 게 못 돼! 그러니 넌 너와는 아무런 상관이 없다고 생각해라. 이번을 끝으로 말이다. 알겠니? 이번을 마지막으로 그렇게 생각해.

어머니　다 끝내셨어요?

교 사　(개의치 않고 안드리에게) 그런 건 문제가 아니다.

어머니　빵을 자르세요.

교 사　(빵을 자른다)

안드리 그보다도 전 다른 걸 하나 여쭙고 싶은데요.

어머니 (스프를 들면서)

안드리 아마 두 분께서는 벌써 알고 계시는 건지도 모릅니다. 별것은 아닙니다. 그렇게 놀라실 것은 없어요. 어째서 이런 말이 나오는지……. 저는 스무 살이고 바르플린은 열아홉 살입니다.

교 사 그게 어쨌다는 게냐?

안드리 우린 결혼하고 싶습니다.

교 사 (빵을 떨어뜨린다)

안드리 전 늘 그걸 여쭤 보려고 했습니다. 그리고 목수 시험에 합격하면 결혼을 하고요. 우리들은 지금 서로 결혼하고 싶습니다. 그래서 다른 사람들이 바르플린을 쫓아다니지 못하게 말입니다.

교 사 ……겨, 결혼을 한다구?

안드리 바르플린을 제게 주세요.

교 사 (판결을 받은 죄수처럼 벌떡 일어선다)

어머니 캔, 전 이렇게 되리라는 걸 벌써부터 짐작했었어요.

교 사 가만 있지 못해!

어머니 아니, 그 말에 빵까지 떨어뜨릴 거야 뭐 있수. (바닥에서 빵을 주워 올리며) 저애들은 서로 사랑하고 있어요.

교 사 당신은 가만 있으라니까! (침묵)

안드리 정말입니다, 아버지. 우린 서로 사랑하고 있습니다. 그걸 말씀드린다는 것은 쉬운 일이 아니었습니다. 우리는 어렸을 때, 초록색 방에서 같이 지낼 적부터 우리들의 결혼에 관해서 이야길 해왔습니다. 학교에선 그 때문에 서로 부끄러워했습니다. 모두가 우리를 놀려대는 바람에요. 아이들은 우리가 오누이이기 때문에 그렇게는 될 수 없다고 했습니다. 그래서 한때는 우리가 오누이란 것 때문에 독초를 먹고 자살을 하려고도 했었습니다. 그러나 그때는 겨울이어서 독초가 없었습니다. 우리는 울었어요. 그때 어머니도 그 울음소리를 듣고 오셔서 그 까닭을 알게 되셨습니다. 그래요. 어머니는 그때 우릴 위로하시면서, 우린 친오누이가 아니라고 말씀해 주셨어요. 그리고 제가 유태인이라는 것, 아버님께서 국경 너머에서 구해 오셨다는 것도 다 들려 주셨습니다. 그때 전 즐거워서 학교엘 가건 어딜 가건 그 얘기만 하고 다녔습니다. 그리고 그 후로는 우린 같은 방에서 자지도 않았어요. 우리는 그때 벌써 어린애들이 아니었으니까요.

교사는 화석이 된 양, 굳어진 채 움직일 줄을 모른다.

그렇게 지내서 우린 이제 이만큼씩 자랐습니다.
이젠 결혼할 나이도 되었어요.
교 사 안드리, 그렇게는 안 된다.
안드리 왜 안 됩니까?
교 사 못해, 안 된다. 그리고 안 된다면 안 되는 줄 알아!
어머니 소리지르지 마세요, 여보.
교 사 안 돼! 안 돼! 말도 안 돼!
바르플린 (흐느끼기 시작한다)
어머니 그렇다고 아직 울 건 없다.
바르플린 그러지 못한다면 전 죽어 버리겠어요.
어머니 쓸데없는 소릴.
바르플린 그렇지 않으면 그 군인에게라도 갈 거예요.
어머니 망할 것!
바르플린 망하라죠.
어머니 바르플린!
바르플린 (밖으로 뛰어나간다)
교 사 (안드리를 붙잡으며) 저년은 꼭 닭 새끼 같다. 내
버려 둬라. 처녀는 얼마든지 있는 거다.

(안드리는 교사에게서 몸을 뿌리친다)

안드리!

안드리 바르플린이 정신이 이상하게 된 건 아닐까요?

교 사 넌 남아 있어.

(안드리는 남는다)

내가 너에게 안 된다고 말한 것은 이번이 처음이
다. (두 손으로 머리를 감싸며) 안 된다. 안 돼.

어머니 여보, 당신 알 수가 없군요. 왜 그러시죠? 질
투를 하시는 건가요? 바르플린은 여하튼 누구와
결혼을 할 아이가 아니에요? 안드리하곤 어째서
안 되나요? 그것이 애들한텐 커다란 희망이고 행
복인데, 당신은 무얼 내다보고 머릴 흔드시는 건가
요? 바르플린을 내어주세요. 왜 잠자코 계세요?
당신이 그애와 결혼하겠어요? 난 당신 속마음을
알아요. 캔, 당신은 젊은이에게, 그리고 인생 전체
에 대해 질투를 하고 있는 거예요. 하지만 인생이
란 흐르는 대로 받아들여야 하는 거예요.

교 사 당신이 뭘 안다고 그러는 거요.

어머니 저는 여쭤 보는 것뿐이에요.

교 사 바르플린은 어린애야.

어머니 아버지는 언제나 자기 딸을 어리게 보는 법이
에요. 그앤 당신에게나 어린아이지 안드리에겐 그

렇지가 않아요. 아시겠어요, 캔?

교 사 (잠자코 있다)

어머니 당신은 어째서 안 된다는 거요? 무슨 다른 까
    닭이라도 있나요?

교 사 (잠자코 있다)

안드리 제가 유태인이기 때문이겠죠.

교 사 안드리!

안드리 그런 말씀 아니세요?

교 사 유태인이라니! 유태인이라니!

안드리 사실이 그렇지 않습니까?

교 사 말끝마다 유태인, 유태인이지! 유태인이란 말을
    안하는 날은 하루도 없어. 유태인이란 말을 안하는
    밤이 없어. 어느 놈이 코만 골아도 유태인 소리가
    난단 말이야. 유태인, 유태인, 유태인을 빼놓고는
    농담도 안 되고, 유태인을 빼놓고는 욕도 안 된다
    니까. 유태인이라고는 하나도 없는데, 유태인 소리
    들만 하고 있어. 밤낮 유태인, 그리고 또 유태인.
    유태인을 가지고 놀고, 내가 등을 돌리기만 해도
    유태인이라고 소릴 지른단 말이야. 말들도 길에서
    유우우태인, 유우태인, 유태인 하고 운다니까.

어머니 심한 과장은 그만두세요.

교 사   사실이 그렇단 말이야.

어머니   이번엔 제가 좀 말하겠어요.

교 사   (들을 생각도 않고 모자를 집어 든다)

어머니   어딜 가시려구요?

교 사   조용한 곳으로 간다.

　　　그가 나가고 문이 덜커덩 하고 닫힌다.

어머니   이제 저인 또 밤중까지 마시겠구나.

　　　안드리는 천천히 반대쪽으로 간다.

어머니   안드리?

　　　(안드리도 나가 버린다.)

　　　이젠 모두가 제각각이로구나.

　　　불이 꺼진다.

제 5 장

안도라 광장. 교사가 홀로 주점 앞에 앉아 있다. 주인은 주문받은 술을 가져온다. 교사는 아직 그것을 들지 않는다.

주 인 뭐 새로운 일이라두 있습니까요?
교 사 술이나 팔게.

주인은 들어간다.

유태인이기 때문이라구? 언젠가는, 언젠가는 내가 진실을 말해 주마, 안드리. 그러나 거짓말은 거머리 같아서 그 진실의 빛이 바래도록 빨아먹고 있구나. 그래서 그놈은 점점 살찌고 자라서, 나는 그놈을 떼어 버리기가 쉽지가 않구나. 그놈은 피를 빨면서 자꾸만 커진다. 그래서는 내 아들처럼 나를 쳐다보는 것이나. 내 아들이 진짜 유태인이라니! 뭐 새로운 일이라두 있냐구? 그애가 조그마했을 때 나는 거짓말을 했고, 그때 너희들은 그애를 쓰다듬어 주었다. 그런데 이젠 그애가 어른이 되었

다. 그리고 결혼하고 싶어한다. 그것도 자기 누이
동생하고, 그게 새로운 것이야! 난, 난 너희들이
어떻게 생각할지 이미 다 짐작한다. 유태인을 살려
냈으면서 유태인에게 자기 딸을 주는 게 더러운 것
이냐고 할 테지. 벌써 너희들의 찡그린 얼굴을 보
는 듯하다.

낯선 자 뭐 새로운 일이라도 있습니까?

교 사 (잠자코 있다)

낯선 자 (신문을 보기 시작한다)

교 사 어째서 얼굴을 찌푸리시오?

낯선 자 그들이 다시 위협을 하는군요.

교 사 누구 말입니까?

낯선 자 저 너머에 있는 놈들이죠.

　　　교사는 일어선다. 주점 주인이 나온다.

주 인 어디로 가십니까?

교 사 쉬러 가네.

　　　(주점 안으로 들어간다)

낯선 자 저분 도대체 왜 저러시지요? 저런 식으로 나가
다간 끝이 좋을 리가 없는데. 맥주 한 잔 주시구려.

주인도 안으로 들어간다.

 보이 아이가 없어져서 신문을 읽을 수가 있게 됐
군. 녀석, 팁을 받을 때마다 자동 전축에다 집어넣
어 시끄럽게 하더니 이젠 잘됐군.

제 6 장

바르플린의 방 앞. 안드리가 혼자 문간에서 자고 있다. 촛불의 커다란 그림자가 벽에 비친다. 군인이다. 안드리는 코를 곤다. 군인은 안드리를 발견하고 놀란다. 화를 낸다. 탑 시계의 종소리가 들려온다. 군인은 안드리가 움직이지 않고 자고 있는 것을 보고 문 앞까지 다가온다. 다시 화를 낸다. 문을 연다. 탑 시계의 종소리 계속 들려오고, 이제 군인은 잠자고 있는 안드리를 넘어가 캄캄한 방안으로 들어간다. 바르플린이 버둥거리며 고함을 치려 한다. 그러나 입이 막혔기 때문에 소리를 지르지 못한다. 안드리가 깬다.

안드리　바르플린? (조용하다) 밖은 이제 조용해졌구나. 이젠 모두들 잠자리에 들었나 보지. 아무 시끄러운 소리도 안 들리는구나. (고요) 자니, 바르플린? 몇 시쯤 되었을까? 내가 여기서 잤던가 보지. 네시쯤 되었을까? 밤은 우유 같구나. 푸른 우유 같아. 곧 새들이 지저귀겠지. 우유의 홍수 같은걸.

　(방 안에서 둔탁한 소리 들려 나오고)

　어째서 문에 빗장을 질렀지? (고요) 너의 아버지가 오셔서 나를 네 방에서 발견하시도록 내버려 두지 그랬니, 제발 그래다오. 난 그만두지 않겠어.

난 매일 밤 네 방 앞에 앉아 있을 테다. 그것 때문에 너의 아버지가 매일 술만 마시다 돌아가신다 해도 난 매일 밤 이곳에 앉아 있겠어. (담배를 꺼내 문다) 이젠 잠이 완전히 깨는구나. (앉아서 담배를 피운다) 난 이제부터 빌어먹는 개처럼 살금살금 그렇게 다니진 않겠어. 난 증오한다. 난 이제 절대로 울지 않아. 웃는단 말이다. 사람들이 나에게 천하게 굴면 굴수록 나는 더욱더 기분이 좋다. 그리고 점점 더 결심이 요지부동이 되지. 미우니까 계획을 세우는 것이다. 그리고 계획이 있으니 하루하루가 즐겁기만 한 거야. 아무도 그걸 모르지. 내가 부끄러운 척한다면, 그건 그런 척하는 것뿐이다. 증오는 사람을 영리하게 해주거든. 증오는 자만심을 갖게 해준다. 언젠가 나는 그들에게 보여 주게 될 거야. 내가 그들을 미워하게 된 후부터 난 가끔 휘파람을 불고 싶고, 노래도 부르고 싶어졌다. 그렇지만 그런 짓은 안하지. 증오는 사람을 엄하게도 하거든. 난 이 나라를 혐오한다. 우린 이곳을 떠나게 될 거야. 그래서 이곳 작자들의 얼굴을 안 보게 될 거다. 나는 이 세상에서 단 한 사람만을 사랑하고, 그리고 그것은 그것으로 충분한 거다. (귀를 기울인

다) 고양이가 아직도 자지 않고 있군.

(동전을 꺼내 센다)

오늘 또 한 파운드 반을 벌었다. 단 하루 동안에 한 파운드 반을 또 벌었어. 난 이제부터 저축을 하는 거야. 이젠 자동 전축에도 손을 안 대. (웃는다) 내가 노상 돈만 안다고 하더니, 그들의 말이 옳구나. (귀를 기울인다) 누가 집으로 오고 있다. (새 소리) 어제 파이더란 군인 놈을 만났었어. 너도 알지, 네게 눈독을 들이고 있는 그놈 말이야. 그놈이 내 발을 걸었어. 그놈은 나를 볼 때마다 인상을 찡그리지. 그렇지만 그런 건 아무래도 좋아. (귀를 기울인다) 너의 아버지가 돌아오시나 보다. (몸을 한쪽으로 피하며) 난 벌써 4파운드를 모았어. 바르플린, 하지만 남에게 이야기하진 말아. 우린 결혼하게 되는 거야. 날 믿어, 다른 세상도 있는 거다. 아무도 우릴 알아보지 못하고, 아무도 내 발을 거는 일이 없는 곳이 있는 거야. 우리 그리로 가자, 바르플린. 그래서 여기 놈늘은 여기서 맘껏 떠들라구 내버려 둬. (담배를 빨고) 네가 빗장을 질러 놓은 것은 잘한 짓이다.

교사가 등장한다.

교 사 내 아들아!

안드리 저는 아저씨의 아들이 아닙니다.

교 사 안드리, 나는 다시 아침이 되기 전에 진실을 말
　　　하고자 온 것이다.

안드리 아저씨는 취하셨어요.

교 사 너 때문이다. 안드리, 너 때문에 난 마시지 않을
　　　수가 없다. (안드리는 웃는다) 내 아들아!

안드리 그만두세요.

교 사 내 말이 들리니?

안드리 가로등 기둥에나 기대세요. 제겐 기대지 마시
　　　구요. 냄새가 납니다. (그에게서 비켜 서며) 그리고
　　　취하실 때마다 절 아들이라고 부르는 것도 그만두
　　　세요.

교 사 (비틀거린다)

안드리 바르플린은 빗장을 걸었습니다. 그러니 안심하
　　　세요.

교 사 안드리!

안드리 몸을 가누시지도 못하는군요.

교 사 나는 걱정이 된다.

안드리 걱정하실 것 없습니다.

교 사 나는 여간 걱정되는 게 아니야.

안드리 어머님은 울고 계셨어요. 기다리시던데요.

교 사 그건 뜻밖이구나.

안드리 뭐가 뜻밖이에요?

교 사 네가 내 아들이 되고 싶지 않다는 것 말이다.

　　　(안드리가 웃는다)

　　좀 앉아야겠다.

안드리 그러세요. 그럼 전 가겠습니다.

교 사 그래 넌 내 말을 듣지 않을 참이냐?

안드리 (촛불을 집는다)

교 사 그럼 그만둬라.

안드리 제가 살아 있는 건 아저씨 덕분입니다. 그건
　　알고 있습니다. 그걸 중히 여기신다면, 제가 살아
　　있는 것이 아저씨 덕분이라고 날마다 한 번씩 말씀
　　드릴 수도 있습니다. 아니 두 번씩도 말씀드릴 수
　　있어요. 제가 살아 있는 건 아저씨 덕분입니다. 아
　　침에 한 번, 저녁에 한 번씩 말씀드리겠어요. 제가
　　살아 있는 건 아저씨 덕분이라고요.

교 사 난 취했다. 안드리, 네게 진실을 말해 주려고 밤
　　새 마셨다. 내가 너무 마셨구나.

안드리   그러신 것 같아요.

교 사   네가 살아 있는 게 내 덕분이라고…….

안드리   그렇습니다.

교 사   너는 날 이해하지 못하는 거다.

안드리   (잠자코 있다)

교 사   거기 그렇게 서 있지 말아. 나는 네게 내 일생을
    이야기해 주고 싶다만……

        닭이 운다.

    너는 내 일생에 흥미가 없단 말이지.

안드리   전 저 자신의 일생에 더 흥미가 있을 뿐입니다.

        닭이 운다.

    벌써 닭이 우는군요.

교 사   (비틀거린다)

안드리   아직도 생각할 능력이 있는 척하지 마세요.

교 사   너는 날 업신여기는구나.

안드리   전 아저씨를 자세히 보고 있는 것뿐입니다. 전
    아저씨를 존경했습니다. 아저씨는 다른 사람들과는
    다르다고 생각했기 때문이에요. 아저씨는 다른 사
    람들하고는 달랐습니다. 아저씨는 생각하는 것이

그들과 달랐어요. 아저씨는 용기가 있었습니다. 그
래서 아저씨를 믿어 왔어요. 그런데 그 속이 드러
났습니다. 그래서 저는 아저씨를 관찰할 뿐이에요.

교 사 무엇이 드러났단 말이냐?

안드리 (잠자코 있다)

교 사 난 그들과 같은 생각을 하진 않는다. 안드리, 난
그들의 교과서를 찢었어. 난 다른 걸 하려 했지.

안드리 그건 누구나 다 알고 있습니다.

교 사 내가 한 짓을 너는 알고 있니?

안드리 전 가겠어요.

교 사 넌 내가 무슨 짓을 했는지 알고 있느냔 말이다.

안드리 그들의 교과서를 찢으셨죠.

교 사 난 거짓말을 했던 거다. (사이 두었다가) 넌 날 이
해하려 하지 않는구나.

닭이 운다.

안드리 여섯시에 상점에 가야 합니다. 의자, 책상, 기
구들을 팔러 가야 합니다. 또 두 손을 싹싹 비벼대
러 가야 한단 말입니다.

교 사 어째서 넌 손을 비벼야 하니?

안드리 이보다 더 좋은 의자를 어디서 구하시겠습니

까? 어디 까딱이나 합니까? 삐걱 소리 하나 납니
까? 그리고 이보다 더 싼 의자를 어디 딴 데서 구
하실 수가 있겠습니까?

(교사는 그를 응시한다)

전 부자가 되겠습니다.

교 사   어째서 부자가 되어야겠니?

안드리   전 유태인이니까요.

교 사   안드리!

안드리   절 붙잡지 마세요.

교 사   (비틀거린다)

안드리   전 구역질이 납니다.

교 사   안드리.

안드리   떠들지 마세요.

교 사   안드리!

안드리   소변이나 보세요.

교 사   뭐야?

안드리   소릴 지르시면 눈에서 마신 술이 튀어나옵니
다. 술을 견디실 수 없으면 가시란 말이에요.

교 사   너, 날 미워하고 있니?

안드리   (잠자코 있다. 교사는 비틀거리며 가버린다) 바르플
린, 아버진 가셨어. 난 그분을 욕할 생각은 없었

어. 그런데 그분은 점점 더 심해 가시는구나. 자기가 말한 걸 모르고 계셔. 그리고 우시는 것 같아 보이더라. 자니? (문 쪽에 귀를 기울인다) 바르플린, 자? 바르플린!

그는 무슨 낌새를 눈치챈 듯 문을 흔든다. 그리고 부수려 한다. 다시 한 번 준비 태세를 취한다. 그때 문이 안에서 저절로 열리고 군인 파이더가 나타난다. 그는 맨발이다. 촛불에 비치는 그는, 혁대가 풀어진 바지를 한 손으로 잡아쥔 채다. 상체는 벌거숭이다.

안드리 바르플린!
군 인 꺼져!
안드리 오, 이럴 수가!
군 인 꺼지라니까, 그러지 않으면 혼을 내줄 테다.

안드리는 양손으로 머리를 감싸고 비틀비틀 달아난다. 무대가 어두워진다.

무대 전면

고인 파이더가 사복을 입고 증언대로 나온다.

군 인 그렇습니다. 전 그자를 잡을 수가 없었습니다. 전 물론 그자가 그런 사람이 아니란 걸 모르고 있었습니다. 당시엔 모두들 그를 그런 자라고 믿고

있었으니까요. 전 처음부터 그자를 잡을 수가 없었
습니다. 그렇지만 제가 그를 죽이진 않았습니다.
저는 다만 제 임무를 수행했을 뿐인 것입니다. 명
령은 명령이었으니까요. 만일 명령이 명령대로 수
행되지 않았다면, 우리는 어떻게 됐겠습니까! 그리
고 전 명령이라면 무슨 일이든 실행하는 군인이었
습니다.

제 7 장

신 부 안드리, 나하구 이야기 좀 하세. 자네 양어머님
    의 부탁을 받았네. 양어머님께선 자넬 얼마나 걱정
    하고 계신지 몰라, 앉게.

안드리 (잠자코 있다)

신 부 앉게, 안드리.

안드리 (잠자코 그냥 서 있다)

신 부 앉지 않겠나?

안드리 (계속 잠자코 있다)

신 부 자네가 처음으로 여기 오던 날이 기억나는군. 언
    젠가 제단 뒤로 축구공이 날아 들어왔을 때, 아이
    들이 그 공을 꺼내 오라고 자넬 보냈었지? (웃는다)

안드리 무슨 말씀을 하시려는 건가요, 신부님?

신 부 우선 앉게나.

안드리 (잠자코 있다)

신 부 좋아!

안드리   제가 다른 사람들과 다르다는 게 사실인가요?

(사이)

신 부   안드리, 자네에게 할 말이 있네.

안드리   제가 건방지다는 건 저도 알고 있습니다.

신 부   난 자네가 곤란하다는 걸 알고 있지. 하지만 자
         넨 우리가 자넬 좋아한다는 걸 알아야 하네, 안드
         리. 자네가 처해 있는 그 위치를 생각해 보게. 자
         네 양아버지께서 자네에게 안해 주는 게 있던가?
         그분은 땅을 팔아서까지 자넬 목수로 만들어 주려
         했던 분이야.

안드리   목수가 되긴 이미 틀렸습니다.

신 부   어째서?

안드리   저 같은 놈은 항상 돈만 생각한다고 하더군요.
         그러면서 목수 영감님은 저더러 공장에 있지 말고
         장사나 하라고 합니다. 그러니 전 장사꾼이나 되겠
         습니다. 신부님.

신 부   그거야 자네 좋을 대로지.

안드리   전 정말 목수가 되고 싶었습니다.

신 부   왜 앉지를 않나?

안드리   신부님께선 잘못 생각하고 계신 것 같습니다.
         절 받아 주는 데는 아무 데도 없습니다. 술집 주인

은 저를 건방지다고 하고, 목수 영감님은 돈밖에
모르는 놈이라고 하고, 의사는 저 같은 족속에겐
명예욕만 있지 감정 같은 건 없다고 합니다.

신 부 앉게나.

안드리 신부님, 저에게 감정이 없다는 거, 그거 맞는
소릴까요?

신 부 그럴지도 모르지. 그런데 자넨 무엇엔가 쫓기는
것 같아 보이는군, 안드리.

안드리 파이더란 놈은 제가 겁쟁이라고 합니다.

신 부 자네가 어째서 겁쟁이라는 거지?

안드리 전 유태인이니까요.

신 부 파이더 같은 놈을 뭘 상대하고 그러나.

안드리 (잠자코 있다)

신 부 자네에게 할 말이 있네.

안드리 늘 자기만을 생각하면 안 된다는 건 저도 알고
있습니다. 그렇지만 별도리가 없습니다. 신부님,
그럴 수밖에 없는 데야 어쩝니끼? 전 다른 사람들
이 저에 관해서 말하는 게 옳은지 그른지 생각해
보지 않을 수가 없는 겁니다. 제가 그들과 다르다
는 것, 전 명랑하지도 못합니다. 감정도 없습니다.
단순하지도 않습니다. 신부님까지도 제가 무엇엔가

쫓기고 있는 것 같다고 지적하셨습니다. 누구도 절 받아 주지 않는다는 거, 저는 그걸 벌써부터 알고 있었습니다. 제 스스로 생각해도 그런 제가 싫습니다. (신부가 일어선다) 가도 되겠습니까?

신 부 내 말 한마디만 들어 주게나.

안드리 신부님께선 제게 뭘 말씀하시려는 건데요?

신 부 왜 그렇게 의심이 많지?

안드리 모든 사람이 저한테 관심을 많이 기울여 주는 탓이죠.

신 부 안드리, 자네가 어떤 사람인지 자네는 아나? (웃는다) 자넨 그걸 모르고 있어. 그래서 난 그걸 말해 주려는 걸세.

(안드리는 신부를 응시한다) 자넨 훌륭한 친구야, 자네는 됨됨이가 됐다구. 난 자넬 관찰했네. 몇 년 동안이나 말일세.

안드리 관찰하셨다구요?

신 부 물론이지.

안드리 무엇 때문에 당신네들은 모조리 절 관찰하시는 겁니까?

신 부 안드리, 자넨 다른 사람들보다 내 맘에 드네. 그건 자네가 다른 모든 사람들과는 다르기 때문일세.

그렇구말구! 자넨 어째서 그렇게 도리질을 하지? 자넨 그들보다 영리하네. 마음에 든단 말일세. 자네가 여기 와 준 것이며, 그래서 자네에게 이런 말을 해줄 수 있게 된 것이 난 기쁘네.

안드리 그건 정말이 아닙니다.

신 부 뭐가 정말이 아니란 말인가?

안드리 저는 남들과 다르지 않습니다. 그리고 다르게 되고 싶지도 않고요. 파이더란 놈이 나보다도 세 배나 힘이 세다 하더라도 전 그놈을 광장에서, 사람들의 앞에서 때려누이고야 말겠습니다. 전 그걸 맹세했습니다.

신 부 나도 그를 좋아하진 않네.

안드리 그리고 전 동정을 받고 싶지도 않습니다. 저는 제 몸을 보호하고 싶은 것뿐입니다. 저는 겁쟁이도 아니고 영리하지도 않습니다. 그리고 그런 말씀을 듣겠다고 온 것도 아닙니다, 신부님.

신 부 자네 지금 내 말을 듣나?

안드리 아뇨, (떨어져 거닐며) 저는 모두들 저에게 관심을 갖는 것이 싫을 뿐입니다. (사이)

신 부 정말 자넨 사람을 괴롭히는군. (사이를 두었다가) 요컨대, 자네의 어머님이 여기 오셨었네. 오셔서

네 시간도 더 계시다가 가셨어. 그 착한 부인이 불쌍하단 말일세. 자네가 밥을 먹으러 오지도 않고, 자러 오지도 않는다고 하면서 우셨네. 그렇게 냉정할 수가 없다고 하셨어. 그리고 자네 양아버지께선 자네가 잘되기만 바란다는 걸 자네가 믿어 주지 않는다고 하시면서 한탄하셨어.

안드리 그분이 제가 잘되기만을 바라신다고요? (웃는다)

신 부 왜 웃나?

안드리 그분이 제가 잘되기를 원하신다면, 모든 걸 제게 주시려고 하면서 왜 딸만은 안 된다고 하시는 겁니까, 신부님?

신 부 그거야 아버지로서의 자유 아니겠나.

안드리 어째서 안 된다는 거죠? 제가 유태인이기 때문이겠죠!

신 부 그렇게 소리지르지 말게나.

안드리 (침묵을 지킨다)

신 부 자넨 그런 것밖엔 생각할 수 없나? 안드리, 난 자네를 사랑한다네. 기독교 신자로서 말이네. 유감스러운 노릇이지만, 자넨 글러먹었네. 자네는 어째서 불쾌하게 생각되는 것은 모두 자네가 유태인이라는 데에다 끌어다 붙이나. 자넨 정말 신경과민일

　　　세. 큰일이야.

안드리 (잠자코 다른쪽으로 돌아선다)

신 부 자네 우는군.

안드리 (흐느끼며 쓰러진다)

신 부 무슨 일이 있었나 말해 보게나. 웬인인가? 무슨
　　　일이 있었나? 무슨 일이 있었냐고 묻고 있지 않
　　　나? 자, 어서 말을 해보게, 안드리. 자네 떨고 있
　　　군. 바르플린에게 무슨 일이라도 있었나? 자넨 이
　　　성을 잃었네그려, 자네가 말을 해야지 그렇게 울기
　　　만 해가지고야 내가 어떻게 돕겠나? 자, 마음을 가
　　　라앉혀요. 안드리, 들리나? 자넨 장부가 아닌가?
　　　이젠 나도 모르겠네.

안드리 나의 바르플린, (손을 얼굴에서 떼고 멍하니 바라보
　　　며) 그애는 이제 저를 사랑할 수 없게 됐어요. 인젠
　　　아무도 절 사랑할 수 없어요. 저 자신도 저를 사랑
　　　할 수 없는걸요. (교회의 일꾼이 미사복을 가지고 온다)
　　　가도 좋습니까?

신 부 잠시 그대로 있어요. (일꾼은 신부에게 미사복을 입
　　　힌다) 스스로 말을 하고 있군. 우리가 우리 스스로
　　　를 사랑할 수 없다면, 어떻게 남이 우릴 사랑할 수
　　　있겠나? 네 예수님은 네 이웃을 네 몸과 같이 사랑

하라고 하셨지. 네 몸처럼이라고 말이야. 우리 스
스로를 돌보아야 하네. 그것이 문젤세. 자넨 무엇
때문에 다른 사람들처럼 되려 하지? 자넨 그들보
다 더 똑똑하단 말일세. 내 말을 믿게. 자넨 어째
서 그걸 인정하려 하지 않나? 자네 마음속에는 번
쩍하는 섬광 같은 게 있어. 그러면서 자넨 어째서
그 어리석은 자들과 축구를 하려 했나? 어째서 풀
밭을 소리 지르면서 이리저리 뛰기나 하려 했나?
단지 안도라 사람이 되려고 그랬던가? 그들은 모
두 자네를 싫어하고 있네. 나는 알지, 그건 자네
머릿속에 번쩍 하는 섬광 같은 것이 있기 때문이
야. 자넨 생각을 할 줄 아는 사람이야. 감정보다
이성을 더 가진 사람이 있어선 안 된단 말인가? 내
말하지만, 바로 그 점에 있어서 난 자네를 훌륭하
다고 생각하지. 어째서 날 그렇게 쳐다보나? 자네
머리 속엔 번쩍 하는 게 있단 말이야. 아인슈타인
을 생각해 보게. 스피노자 같은 사람도 좀 봐요.
그런 사람들이 하나 둘인가?

안드리 가도 좋습니까?

신 부 안드리, 어떤 인간이나 자기가 타고난 것을 벗
어날 수는 없는 것일세. 기독교인이건 유태인이건

말일세. 누구이건, 천주님은 당신이 창조한 그대로
이기를 원하신단 말이네, 내 말 알겠나? 유태인은
비겁하다고 말들을 하지만, 자넨 자네가 유태인이
란 걸 인정할 때 비겁하지 않아진다는 걸 알아 두
게. 그때 비로소 자넨 다른 사람들과는 다른 사람
이 되는 거네. 내 말이 들리나? 자넨 그때야 비로
소 비겁하지 않아진단 말이야. 자네가 안도라 사람
처럼 되려고 하는 한, 자넨 비겁해지는 거지.

오르간 소리가 들려온다.

안드리 이젠 가도 됩니까?

신 부 그걸 잘 생각해 보게. 안드리, 자네 자신이 말한
걸 말일세. 자네가 자기 자신을 인정하지 않는데,
어떻게 다른 사람이 자넬 인정하겠나?

안드리 가도 되겠습니까?

신 부 내 말 알아듣겠나, 안드리?
　　(안드리는 움직이지 않고 서 있다. 그 가운데 무대의 불이
꺼진다)

무대 전면

신부가 증언대에서 무릎을 꿇고 있다.

신 부 당신의 하느님, 천주님에 대해서 잘못된 생각을
품어서는 안 됩니다. 그분의 피조물인 인간에 대해
서도 잘못된 생각을 가져선 안 되는 것입니다. 그
당시엔 저도 죄를 지었습니다. 저는 그와 이야기할
때 그를 사랑으로써 대하고자 했었습니다. 그러자
저 역시 그에 대해 잘못된 생각을 품고 있었던 것이
사실입니다. 그래서 저도 그를 꽁꽁 묶은 것이고,
저도 또한 그를 교수대로 끌어간 것이었습니다.

무대의 불이 꺼진다.

제 8 장

안도라 광장. 의사만이 앉아 있고 다른 사람들은 서 있다. 주점 주
인, 목수, 군인, 견습공, 낯선 사내 등은 신문을 읽고 있다.

의 사 조용히들 하시오.

군 인 무엇 때문에 우리 안도라가 그쪽 사람을 받는단
　　　말입니까?

의 사 (담배에 불을 붙인다)

군 인 제기랄!

주 인 그럼 우리 안도란엔 참한 방이 없다고 해야 되
　　　겠소이까? 난 여관 주인이외다. 상대가 남자도 아
　　　닌 여잔데, 문턱에서 쫓아 버릴 순 없지 않습니까?

낯선 자 (그냥 신문을 보며 웃는다)

주 인 어째야 한다는 겁니까? 부인 한 분이 와서 참한
　　　방 하나를 찾고 있는 서예요.

군 인 부인이라구요? 여보슈, 내 말 좀 들어 보슈.

목 수 저 너머에서 온 여잔데?

군 인 일이 벌어지면 우리 같은 놈은 싸워야 합니다.

최후의 한 사람까지! 그런데 제기랄, 그쪽 여자를
숙박시킨단 말입니까! (길에 침을 뱉는다)

의 사 사적(私的)인 불만은 금물일세. (담배에 불을 붙이
며) 자네도 아다시피 난 이 세상을 두루 돌아다녔
네. 난 안도라 사람이야. 다 알고 있겠지만, 철저
한 안도라 시민일세. 그렇지 않았다면, 난 고향에
돌아오지 않았을 게 아닌가? 여보게들, 그렇지 않
았다면 교수인 내가 바깥 세상의 그 모든 교수직을
단념했을 까닭이 없지 않았겠나.

낯선 자 (웃으면서 신문을 읽고 있다)

주 인 신문에 웃을 만한 기사라도 실렸소?

낯선 자 최후의 한 사람까지 싸운다는 건 누구요?

군 인 나요.

낯선 자 성서에 이르기를 꼬라비가 첫째가 된다던가,
그 거꾸로던가? 첫째가 꼬라비가 된다고 했던가?
잘 모르겠군.

군 인 저 친구가 무슨 말을 하려는 거죠?

낯선 자 나는 다만 물어 봤을 뿐일세.

군 인 최후의 한 사람까지라는 건 군대의 명령이죠.
노예가 되느니 차라리 죽는 게 낫다는 말은 군대에
선 지상 명령입니다. 만일 그들이 온다면 그들은

　　놀라운 일을 체험하게 될걸요. (잠시 침묵)

목 수　어째서 안도라가 침략당한다는 거요?

의 사　내 생각엔 정세는 매우 긴장 상태에 있소. 그걸
　　　나는 알고 있지.

목 수　글쎄 전례 없이 그런 것 같기는 한데.

의 사　벌써 수년 동안 그래오지 않았소이까?

목 수　그들은 무엇 때문에 군대를 국경에다 배치했을
　　　까요?

의 사　그게 바로 내가 말하려는 거지. 난 세상을 두루
　　　돌아다녔네. 내 말은 믿어도 좋은데, 이 온 세상에
　　　우리처럼 인기를 끄는 민족은 하나도 없지. 이것은
　　　사실이네.

목 수　그렇구말구요.

의 사　이런 사실을 알고서, 어디 객관적으로 한번 생
　　　각해 봅시다그려. 안도라와 같은 나라가 무슨 일을
　　　당할 것인가를.

주 인　옳은 말씀입니다.

군 인　무엇이 옳단 말이오?

주 인　우리처럼 인기를 끌고 있는 민족은 없다는 것
　　　말일세.

목 수　그렇구말구요.

의 사 인기를 끈다는 건 옳은 표현이 아니야. 나는 많
     은 사람을 만났는데, 안도라가 어디 있는지 짐작도
     못하는 사람들투성이었어. 하지만 온 세상의 어린
     애들까지도 안도라가 피난처라는 건 알고 있지. 평
     화와 자유와 인권의 피난처라는 것도 알고 있어.

목 수 정말 그렇습니다.

의 사 그러니 우리 안도라는 의미를 가지고 있는 것일
     세, 중대한 의미를, 그것이 무슨 뜻을 가진 것인지
     자네는 알기나 하나? 난 확실히 말할 수 있네. 그
     들은 감히 침략하진 못할 거야.

군 인 어째서요? 어째서 못할 거란 말입니까?

주 인 우리는 중대한 의미를 지니고 있으니까.

군 인 하지만 그들에겐 거대한 무력이 있는데두요!

주 인 우리가 그렇게 인기를 끌고 있는데 무력이 무슨
     소용이야. (백치가 부인용 가방을 들고 와서 세워 놓는다)

군 인 저것 보십시오.

      (백치는 다시 사라진다)

목 수 그 여자는 뭣하러 여기에 온 걸까?

견습생 간첩이 아닐까요?

군 인 틀림없지.

견습생 간첩이라!

군 인 그런데 저 사람은 그런 여자를 숙박시키다니!

낯선 자 (웃는다)

군 인 어리석게 히죽거리지 마시오.

낯선 자 간첩이라니, 그 말 참 희한하군.

군 인 그럼 그 여자가 뭐란 말이오?

낯선 자 정탐꾼이지. 암만 정세가 긴장되어 있다 해도
　　　　여자를 간첩이라곤 안하죠.

목 수 난 그 여자가 여기서 무엇을 찾으러 하는가가
　　　　의문입니다.

　　　　(백치가 두번째 여자용 가방을 가져온다)

군 인 저것 보세요.

견습생 그 여자의 짐을 모조리 짓밟아 버립시다.

주 인 이젠 그런 짓까지 할 참이군.

　　백치, 다시 사라진다.

　　　　저 백치 녀석이 짐을 방으로 가져가질 않고 달아
　　　　나는구먼. 한데 모든 사람들이 날 감시하고 있구나.

낯선 자 (웃는다)

주 인 난 반역자가 아니죠. 그렇지 않습니까? 교수님,
　　　　안 그래요? 사실 그렇지 않습니다. 난 여관업자죠.
　　　　제가 맨먼저 돌을 던질 수도 있습니다. 그렇구말구

요! 그렇지만 안도라엔 손님을 접대하는 권리란 게
있습니다. 옛날부터 거룩한 권리라고 할 수 있죠.
그렇지만 의사 선생님, 그렇지 않습니까? 여관업
을 하는 사람이 거절할 수야 없지 않습니까? 정세
가 아주 긴박하다 하더라도 말입니다. 게다가 손님
이 부인이라면 더욱더 그렇죠.

낯선 자   (웃는다)

견습생 그렇지만 그 여자가 몽둥이 같은 걸 감추고 있
      으면 어떡합니까?

낯선 자   (웃는다)

주 인 여보시오, 웃을 일이 아니란 말이오.

낯선 자 간첩이라…….

주 인 여자의 짐을 가만 놔둬요!

낯선 자 여자 간첩이라니, 정말 좋은 말이군.

   백치가 부인의 외투를 가져다 놓는다.

군 인 자 저것 보시오.

      (백치, 사라진다)

목 수 어떤 이유로 선생님은 안도라가 침략당하지 않
      는다고 생각하십니까?

의 사 사람들이 내 말에 귀를 안 기울이잖아? (담배를

피우고서) 나는 사람들이 내 말에 귀를 기울일 걸로 생각했는데, 그들은 감히 침략을 못할 걸세. 그들에게 아직도 많은 탱크와 그 외에 낙하산 부대가 있다 하더라도 침략을 실천에 옮길 수는 없을 거야. 우리의 무기는, 우리의 위대한 시인 페린이 언젠가 말한 것처럼 무죄라는 것이거든. 다시 말해 우리에게 죄가 없다는 것이 우리들의 무기란 말이야. 이런 공화국이 이 세상에 어디 또 있겠나? 어디 있다면 말 좀 해보게. 우리 민족보다 더 세계의 양심이 호소할 수 있는 민족이 어디에 또 있다구 말이야.

안드리가 뒤쪽에서 등장한다.

군 인 저 녀석이 또 돌아다니는군.

안드리는 가버린다. 모두 그를 돌아본다.

의 사 여러분! 안도라 국민 여러분! 내가 한마디 하겠는데, 이 세상의 어떤 민족도 그 민족에게 잘못이 없다면 침략은 당하지 않을 것입니다. 우리가 그들에게 비난을 받을 만한 잘못이 뭐 있습니까? 만일 안도라가 침략을 당한다면 그것은 불법적 행위일 겁니다. 그것도 극단적이고 공공연한 불법이죠. 그러니 그들은 감히 그런 짓을 못할 것입니다. 과거에도 그랬고 미래에도 말입니다. 전세계가 우릴 즉각적으로 변호하게 될 테니까요.

낯선 자 (여전히 신문을 읽고 있다가) 즉각적이라뇨?

주 인 이젠 제발 입 좀 닥치시오!

낯선 자 (웃으면서 신문을 집어넣는다)

의 사 당신은 도대체 누구요?

낯선 자 난 웃기 좋아하는 사람이외다.

의 사 당신의 유머는 이 자리에선 맞질 않소.

견습생 (트렁크 있는 데로 간다)

주 인 그만둬요.

의 사 될 말인가?

주 인 하느님 맙소사!

낯선 자 (웃는다)

의 사 실없는 짓 말게. 그들은 안도라에서 자기네 여행자가 모욕을 당하기만을 기다리고 있는 판이야. 공격할 구실을 만들려고 말이야. 그런 실없는 짓은 말라구. 그들에게 구실을 주어선 안 되네. 간첩들이 수두룩하다는 걸 알아야지.

군 인 제기랄!

주 인　(트렁크를 깨끗이 닦는다)

의 사　아무도 보질 않았으니 다행이군……. (침묵)

부인이 등장한다. 침묵 속에 부인은 작은 탁자 머리에 앉는다. 안
도라 사람들이 그녀를 살핀다. 그 사이에 여자는 천천히 장갑을 벗
는다.

의 사　계산해 주쇼.

목 수　나두요.

의사는 일어나 모자를 조금 쳐들며 여자에게 인사하고 사라진다.
목수는 견습생에게 눈짓을 한다. 그도 역시 목수를 따라 퇴장한다.

부 인　무슨 일이 있었습니까?

낯선 자　(웃는다)

부 인　뭐 마실 게 있을까요?

주 인　물론 있습죠, 부인.

부 인　여기선 보통 뭘 마시나요?

주 인　뭐든지 있습니다, 부인.

부 인　시원한 물이 있으면 좋겠네요.

낯선 자　(웃는다)

주 인　저분은 웃기를 좋아하는 분입니다요.

낯선 자　(퇴장한다)

부 인　제대로 돼있군요. 정말 고맙습니다.

주 인 (허리를 굽히며 퇴장)

군 인 내겐 소주 한 잔 주쇼!

　　　　부인을 훔쳐 본다. 무대 전면 오른쪽 자동 전축 있는 데에 안드리
　　　가 나타나서 동전을 집어넣는다.

주 인 언제나 그저 자동 전축이지!

안드리 제가 돈을 내지 않습니까?

주 인 머릿속에 다른 생각은 안 들었니?

안드리 그래 보여요?

　　　　전과 똑같은 판이 연주되는 동안, 부인은 종이쪽지에다 무엇을 쓴
　　　다. 군인은 여자를 뚫어지게 보고 있다. 여자는 종이쪽지를 접으며
　　　쳐다보지도 않은 채 군인에게 말을 건다.

부 인 안도라엔 여자가 없습니까? (백치 등장) 넌 이 거

　　　리에 사시는 학교 선생님 댁을 아니? (백치는 싱글거

　　　리며 고개를 끄덕인다)

　　　그이에게 이 쪽지를 좀 전해 드려다오.

　　　　다른 군인 세 명, 그리고 견습생이 등장한다.

군 인 너희들 들었니? 안도라엔 여자가 없느냐고 묻는

　　　소릴?

견습생   뭐라고?

군 인   아냐, 남자들 말이야.

견습생   뭐라고?

군 인   저 너머엔 남자들이 없기 때문에 저 여자가 안
　　　도라에 온 게 아닌가 싶다 이거지.

견습생   뭐라구?

군 인   말했잖아. (그들은 히죽히죽 웃는다) 저 녀석 또 왔
　　　군. 치즈처럼 누래 가지고 자식이 나한테 덤벼 볼
　　　생각인가? (안드리가 들어오고 음악이 그친다) 너의 약
　　　혼자는 잘 있냐?

안드리   (군인의 멱살을 잡는다)

군 인   왜 이래? (뿌리친다) 어떤 선생님이 이 녀석에게
　　　다윗과 골리앗에 대한 전설을 얘기해 준 모양이군.
　　　그래 저 녀석이 다윗 행세를 할 모양이야.

　　　　(그들은 히죽히죽 웃는다) 가세.

안드리   페, 페드리—.

견습생   자식, 말을 더듬기는?

안드리   넌 어째서 날 배반했지?

군 인   가세. (안드리가 군인의 머리에서 모자를 나꿔채 내동
　　　댕이친다)

　　　　이 자식이 돌았나? (길바닥에서 모자를 집어들고 먼지

를 턴다)

　　내가 너 때문에 체포라도 당했으면 싶으냐?

견습생　저 친구 왜 저래?

안드리　자, 어서 덤벼 봐!

군 인　가세. (안드리가 모자를 쳐서 떨어뜨린다. 다른 사람들
은 웃는다. 군인은 갑자기 안드리의 뒤꿈치를 걸어찬다. 안
드리가 넘어진다) 네 무기는 어쨌냐, 다윗? (안드리 일
어난다) 우리 다윗이 노려보는구나! (안드리도 역시
군인의 뒤꿈치를 걸어찬다. 군인도 넘어진다) 유태인 놈,
빌어먹을 자식!

부 인　안 돼요, 안 돼. 한 사람을 가지고 여럿이 덤비
다니.

　　다른 군인들이 안드리를 붙잡는다. 군인은 일어난다. 그 군인은 다
른 군인들이 안드리를 꽉 붙잡고 있는 동안 안드리를 때린다. 안드
리는 묵묵히 저항할 뿐. 그러다가 갑자기 뿌리친다. 견습생이 뒤에
서 발길질을 한다. 안드리가 돌아서자 군인이 뒤에서 그를 붙잡는
다. 안드리가 넘어진다. 군인 네 명과 견습생은 사방에서 그에게
발길질을 한다. 그들은 이쪽으로 온 부인을 볼 수 있게 될 때까지
계속한다.

군 인　외국인에게 이런 우스꽝스런 꼴을 보이게 되다니!

부 인　당신 이름이 뭐죠?

안드리　전 겁쟁이가 아닙니다.

부 인 이름이 뭐예요?

안드리 저놈들은 날 늘 겁장이라고 그랬어요.

부 인 안 돼요, 상처에 손대지 말아요.

주인이 쟁반에다 물병과 잔을 받쳐 들고 나온다.

주 인 웬일입니까?

부 인 의사를 좀 불러 주세요.

주 인 내 여관 앞에서 그런 짓을 하다니!

부 인 이리 주세요. (물병과 손수건을 가지고 안드리 옆에
     무릎을 꿇고 앉는다. 안드리는 일어나려 한다) 그 사람들
     이 장화발로 이 사람을 짓밟았어요.

주 인 그럴 수가 있습니까, 부인.

부 인 거기 서 있지만 마시고 의사를 좀 불러다 주셨
     으면 좋겠어요.

주 인 부인, 여기선 이런 일은 흔하지 않습니다.

부 인 닦아 주기만 할게요.

주 인 네가 잘못이야. 군인들이 나타날 때 왜 여길 오
     냔 말이다.

부 인 날 좀 보세요.

주 인 내가 그렇게 일러 줬는데도.

부 인 다행히도 눈은 다치질 않았구만.

주 인　그건 그 녀석 잘못입니다요. 녀석은 늘 자동 전
　　　축 곁에만 붙어 있습죠. 그렇게 주의를 시켰는데도
　　　그래서 그자들의 화를 돋운단 말이에요…….

부 인　의사를 불러오지 않을 작정이세요?

　　　(주인 퇴장한다)

안드리　이젠 모조리 나한테 덤비는군.

부 인　아프죠?

안드리　의산 필요 없어요.

부 인　뼈까지 드러날 정도인데.

안드리　나는 그 의사란 작자를 잘 알고 있어요. (일어
　　　난다) 갈 수 있습니다. 이마를 조금 다쳤을 뿐이니
　　　까요.

부 인　(일어난다)

안드리　아주머니 옷에! 옷에 피를 묻혀 드렸군요.

부 인　당신 아버지한테 같이 갑시다.

　　　(안드리의 손을 잡는다. 그들은 천천히 걷는다. 그 사이에
　　　주인과 의사가 등장한다)

의 사　팔짱을 끼고 가다니!

주 인　그놈들이 저 녀석을 구둣발로 밟았어요. 제 눈으
　　　로 똑똑히 봤습니다. 전 집 안에 있긴 했습니다만.

의 사　(작은 궐련을 꺼내 문다)

주 인 저 녀석은 늘 자동 전축에만 붙어 있단 말이야,
    내가 그렇게 얘길 했는데두. 그래서 사람들의 화를
    돋운단 말입니다.

의 사 출혈은?

주 인 이 눈으로 똑똑히 봤어요.

의 사 (담배를 피운다)

주 인 그놈들은 아무 말도 안했죠.

의 사 딱한 일이로군.

주 인 그 녀석이 시작한걸요.

의 사 난 그 민족에 대해서는 반대할 것도 없네. 하지
    만 그들 중에서 하나를 본다면 기분이 나빠진단 말
    이야. 어떤 태도를 취하든 그건 거짓이야. 뭐라고
    했나, 그들은 우리 같은 사람이 저희들 같기를 늘
    바라고 있단 말씀이거든. 딴 일을 얼마든지 할 수
    있는데도 그들은 늘 그것만 생각하지. 그들은 부정
    한 일을 당하길 원하고 있어. (가려고 돌아선다) 피
    를 좀 닦아 버려요. 그리고 세상 일들, 너무 많이
    떠들지 말아요. 당신 눈으로 봤다고 해서, 누구한
    테나 떠들 필요는 없어요.

    무대 전면

교사와 부인이 처음과 마찬가지로 하얀 칠이 된 집 앞에 서 있다.

부 인　당신이 내 아들을 유태인이라고 했다죠?

교 사　(잠자코 있다)

부 인　무엇 때문에 그런 거짓말을 세상에 퍼뜨렸나요?

교 사　(잠자코 있다)

부 인　언젠가 수다스러운 안도라 상인이 그곳에 왔었
　　　어요. 그는 안도라의 칭찬을 하면서 자꾸만 안도라
　　　의 어떤 교사에 관한 감동적인 이야길 했어요. 그
　　　교사는 대학살이 있을 당시 유태인 아이를 구해서
　　　그를 자기 친자식처럼 보호하고 양육했다고 하더군
　　　요. 그래서 전 곧 편지를 띄웠어요. 그 교사가 당
　　　신인가요? 전 답장을 요구했어요. 당신도 그런 사
　　　실을 알고 있느냐고 물었어요. 답장이 안 오더군
　　　요. 아마 당신은 제 편질 못 받았던 모양이죠. 제
　　　가 걱정하는 게 부질없는 것이기를 바랐어요. 그래
　　　서 전 두번째 편지를 썼지요. 그리고 답장을 기다
　　　렸어요. 그렇게 해서 시간이 흘러갔죠……. 무엇
　　　때문에 당신은 그런 거짓말을 세상에 퍼뜨렸죠?

교 사　무엇 때문에, 무엇 때문이냐구?

부 인　그 아일 낳을 때, 제가 비겁했다고 해서 당신은

날 미워했죠. 제가 제 고장 사람들을 두려워했기
때문에 말이에요. 그런 당신은 국경을 넘어가는 길
로 그애를 유태인 아이라고 했군요. 왜 그랬죠? 당
신도 역시 고향에 돌아왔을 땐 비겁했어요. 당신도
당신의 이웃 사람에 대해서 두려움을 가졌기 때문
이었어요. (사이) 그렇게 된 게 아니에요? 어쩌면
당신은 우리가 다른 안도라 사람과는 전혀 다르다
는 걸 보여 주고 싶었던 게죠? 당신이 절 미워했기
때문이죠. 당신도 아다시피 우리가 다를 거라곤 아
무것도 없어요. 뭐가 다르죠?

교 사 (잠자코 있다)

부 인 그애는 집으로 가겠다고 하면서 절 이곳에 데리
고 왔어요. 어디로 갔는지 모르겠어요.

교 사 그애가 내 아들이란 걸 말하리다. 우리들의 아
들이란 걸. 그리고 우리들과 같은 핏줄이란 걸 말
하리라.

부 인 왜 안 가시고 서 있죠?

교 사 그런데, 만일 그들이 이 사실을 인정하려 들지
않는다면? (사이)

제 9 장

교사의 방, 부인은 앉아 있고 안드리는 서 있다.

부 인 그렇다고 해서 내가 온 이유를 너한테 말하고 싶
　　　 었던 건 아니다. 안드리, 난 장갑을 끼고 가겠다.
안드리 아주머니, 저는 한마디도 알아듣지 못하겠습니다.
부 인 넌 곧 모든 걸 알게 될 거야. (한쪽 장갑을 낀다)
　　　 네가 미남이란 걸 너는 아니?

　　　 거리에서 소음.

　　　 그들이 널 모욕하고 학대해왔구나, 안드리. 그러
　　　 나 그것도 마지막일 거다. 진실이 그들을 심판할
　　　 테니까. 안드리, 너는 여기서 이 사실에 대해 겁낼
　　　 필요가 하나도 없는 사람이야.
안드리 어떤 사실 말이죠?
부 인 너를 만나서 기쁘다.
안드리 가시려나요, 아주머니?
부 인 여기 사람들이 가기를 바라고 있단다.

안드리 아주머니는 안도라가 다른 나라보다 나쁘지도
  않고, 좋지도 않다고 하시면서 어째서 이곳에 머무
  르려 하시진 않습니까?
부 인 그랬으면 좋겠니?

  거리에서 소음.

  난 가야 한다. 난 저 너머에서 온 여자야. 넌 그
  들이 나를 나쁘게 말하는 걸 들었지? 여기서는 우
  리들을 검은 여자라고 부른다는 걸 나도 알고 있
  다. (다른쪽 장갑을 낀다) 우리는 다시 만나게 될 거
  다. 안드리, 그래서 난 너하고 많은 얘기를 하고
  싶고 많은 걸 묻고 싶고, 너와 오랫동안 이야기하
  고 싶다. 그러니 우린 다시 만나게 될 거야. 나는
  그렇게 될 거라고 믿는다. (채비가 끝났다) 우린 다
  시 만나게 될 거야. (다시 둘러본다) 그러니까 넌 이
  집에서 자랐구나.
안드리 네.
부 인 자, 이제 가야겠다. (그대로 앉아 있다) 내가 네
  나이였을 땐― 세월이 참 빠르기도 하지. 안드리,
  넌 스무 살이지만 아직은 그걸 믿을 수 없을 거다.
  만나고 사랑하고 헤어진다는 것을 모를 거야. 인생

을 앞으로만 바라보다가 거울을 들여다보면 갑자기 인생이란 게 뒤에 있게 된단 말이지. 별다르게 신통할 것은 없지만, 이제 갑자기 달라질 거다. 스무살이라고는 하지만…… 내가 네 나이 또래였을 때, 장교인 우리 아버지가 전쟁 때문에 돌아가셨단다. 난 아버지하곤 생각하는 것이 잘 맞질 않았어요. 우리들은 그래서 어떤 다른 세계를 찾았다. 우리들이 너처럼 젊었을 때, 사람들은 우리들에게 잔인한 짓들을 가르쳐 준다는 걸 알고 있었다. 우리들은 세상을 경멸했고, 세상을 주시하면서 다른 세계를 찾으려고 했다. 사실 찾아내기도 했지. 우린 사람들을 두려워하지 않으려고 했고, 이 세상의 어떤 일도 두려워하지 않으려 했다. 그리고 거짓말을 하고 싶지도 않았다. 그러나 마음속에 불안을 감추고 있다는 걸 알게 되자 우린 서로를 미워했단다. 우리들의 딴 세계는 오래 가질 못했고, 우리가 왔던 국경을 다시 넘어 돌아왔다. 우리가 너처럼 젊었을 때 말이지. (일어선다) 내가 말하는 걸 알아듣겠니?

안드리 모르겠어요.

부 인 (안드리에게 입을 맞춘다)

안드리 어째서 저를 그렇게 위해 주시죠?

부 인 가야겠다. 우린 다시 만나게 될까?

안드리 그렇게 되면 좋겠어요.

부 인 난 양친을 전혀 못 봤으면 했었다. 부모가 남겨
       놓은 세상을 보게 되면 어떤 인간도 제 부모를 이
       해하지 못하게 되는 법이다.
          (교사와 어머니 등장)

부 인 이제 가겠어요. 지금 막 가려던 참입니다. (침묵)
       자, 안녕히들 계세요. (침묵) 이젠 정말 가겠습니
       다. (밖으로 나간다)

교 사 모셔다 드려라! 그러나 광장에서 더 가진 말아.
       뒷길로 돌아가거라.

안드리 어째서 뒷길로 돌아가라고 하시죠?

교 사 그렇게 하라니까!
          (안드리 퇴장)

       신부가 저애한테 모든 걸 말해 줄 거요. 지금은
       묻지 마오. 당신은 날 이해하지 못할 거요. (앉는
       다) 이제 당신도 그걸 알게 될 거요. (길에서 소음)
       뭇사람들이 그 여자를 가만히 두었으면 좋으련만.

어머니 전 당신이 생각하는 것보다는 더 잘 알고 있어
       요, 캔. 당신은 저 여자를 사랑하고 있어요. 그러
       면서도 저와 결혼하셨어요. 제가 안도라 여자이기

때문에 말이에요. 당신은 우리 모두를 배반하셨어
요. 특히 안드리를 배반했어요. 안도라 사람을 모
독하지 마세요. 당신 자신도 안도라 사람이니까요.

　(신부 등장)

　신부님, 저의 집에 곤란한 문제가 생겼습니다. 신
부님께선 안드리에게 유태인이란 게 무엇인가를 설
명하셨고, 그애가 그걸 인정해야 한다고 하셨습니
다. 그애는 지금 유태인이란 걸 인정하고 있습니
다. 그런데 이번에는 그애한테 안도라 사람이란 어
떤 것인가, 그리고 그애가 안도라 사람이란 것을
인정해야 된다고 말씀을 해주셔야 합니다.

교 사　둘이만 있고 싶소.

어머니　하느님께서 당신과 같이 하시길, 베네딕트 신
　부님. (퇴장한다)

신 부　내가 해보긴 했지만 소용 없었소. 그들과는 이
　야기가 안 됩니다. 사리에 맞는 어떤 말도 그들을
　흥분시키게 할 뿐입니다. 사람들이 집으로 돌아가
　야 할 텐데. 나는 그들에게 이렇게 말했지요. 자기
　일들이나 걱정하라고. 그런데도 그들은 무슨 일을
　저지를지 알 수가 없단 말입니다.

　(안드리가 돌아온다)

교 사 어째서 벌써 돌아왔니?

안드리 혼자서 가겠다고 하시던데요. (손을 내보이며)
　　　그분이 제게 이걸 주시더군요.

교 사 반지를?

안드리 네.

교 사 (잠자코 있다가 일어선다)

안드리 그 부인이 누군가요?

교 사 그렇다면 내가 모셔다 드려야겠다. (퇴장한다)

신 부 대체 자넨 왜 웃나?

안드리 저분은 질투를 하고 있는 거예요.

신 부 게 앉거라.

안드리 도대체 모두 왜들 이러십니까?

신 부 웃을 일이 아니야, 안드리.

안드리 하지만 우스꽝스럽군요. (반지를 살펴본다) 이게
　　　루빈가요? 뭘까요?

신 부 우린 서로 이야기를 해야겠다, 안드리.

안드리 또 이야기를요? (웃는다) 오늘은 모든 사람이
　　　줄에 달린 인형들처럼 굴고 계십니다. (담배를 피워
　　　문다) 신부님까지도 말예요. 그 여자가 우리 양아버
　　　지의 애인인가요? 어쩐지 그런 짐작이 가는데요.
　　　신부님, 그렇지 않아요? (담배를 피운다) 그 여자는

기막히게 예쁘더군요.

신 부 자네한테 말할 게 있네.

안드리 왜 그렇게 딱딱하게 말씀하시죠? (담배를 피운다) 군인 곁에 가서도 안 되고, 군인의 머리에서 모자를 쳐서 떨어뜨려도 안 된다. 당신은 제게 이렇게 말씀하셨습니다. 만일 그 사람들이 내가 유태인이란 걸 알면 말입니다. 그렇지만 전 그렇게 한 게 즐겁습니다. 그리고 뭔가를 배웠습니다. 그런 짓이 제게 아무 소용이 없다 하더라도 말입니다. 신부님, 저희들이 전에 이야기한 뒤에 저한테 소용되는 것을 배우지 않은 날은 하루도 없었습니다. 당신은 성직자이시고 저는 유태인 출신이란 걸 지금 신부님께서는 생각하고 계십니다. 그래서 난 다른 곳으로 떠나려 합니다. 될 수 있으면 말입니다. (담배를 끈다) 전 그걸 아무한테도 이야기하고 싶지 않았습니다.

신 부 앉아 있거라!

안드리 이 반지가 제게 도움이 될 거예요, 신부님. 신부님께서는 지금 침묵을 지키시고, 그걸 아무에게도 말하지 않는 게 절 위해서 하실 수 있는 단 한 가지 일입니다. (일어선다) 가야겠습니다. (웃는다)

제가 무엇에 쫓기는 듯싶죠? 신부님께서 전적으로
옳았다는 걸 알고 있습니다.

신 부　자네가 말하는 건가, 혹은 내가 말하는 건가?

안드리　죄송합니다. (앉는다) 전 듣고 있습니다.

신 부　안드리.

안드리　신부님께선 엄숙한 표정이시군요.

신 부　난 자네를 구하러 왔네.

안드리　말씀하십시오. 전 듣고 있습니다.

신 부　안드리, 나 역시 우리가 요전에 이야기했을 땐
그 일에 관해서는 아는 바가 없었네. 그분이 유태
인 아이를 구했다고 몇 년 전부터 자랑삼아 얘기해
왔지. 그리스도교 신자의 행위라고 말이네. 그러니
어찌 내가 그걸 믿지 않았겠는가. 한데 안드리, 자
네 어머니께서 오셨단 말일세.

안드리　누가 왔다고요?

신 부　그 부인 말일세.

안드리　(벌떡 일어선다)

신 부　자넨 유태인이 아닐세, 안드리. (침묵) 내 말을
믿지 못하겠나?

안드리　네, 믿지 못하겠습니다.

신 부　그럼 내가 거짓말을 한다고 생각하나?

안드리 이런 생각이 듭니다, 신부님.

신 부 무슨 생각인가?

안드리 내가 유태인인가 아닌가 하는 생각 말입니다.
    (신부는 일어나서 안드리에게 가까이 간다) 당신의 그
    손으로 절 다치지 마십시오! 이젠 싫습니다.

신 부 자넨 내 말이 들리지 않나?

안드리 (잠자코 있다)

신 부 자넨 그분의 아들이야.

안드리 (웃는다)

신 부 안드리, 이건 사실이야.

안드리 당신네들은 도대체 사실이 몇 갭니까? (잊고 있
    던 담배를 피워 문다) 당신들이 제 문제에 상관할 필
    요는 없습니다.

신 부 자넨 어째서 우리를 믿지 못하지?

안드리 제가 당신들을 믿는 것도 끝이 났습니다.

신 부 내 영혼의 주인이신 주님께 맹세코 말하겠네.
    자넨 그분의 아들이며 우리들의 아들일세. 유태인
    이란 말도 안 되네.

안드리 그러나 제가 유태인이란 것에 대해서 말이 많
    았지 않습니까?

거리에서 큰 소음.

신 부　무슨 일이 생겼나? (침묵)

안드리　지난번 신부님의 말을 들은 후로 저는 다른 사
람들과는 다르다고 생각을 해왔지요. 그래서 저는
사실이 그런가 하고 주의를 했습니다. 신부님, 전
다릅니다. 사람들은 제가 이러저러하게 행동을 했
다고들 하더군요. 그래서 전 매일 저녁 거울 앞에
서 있었습니다. 그들이 옳았어요. 정말 그대로더군
요. 전 그걸 고칠 수가 없었습니다. 전 제가 무엇
보다도 돈을 더 생각한다고 하는 게 정말인가 아닌
가도 주의해 봤습니다. 그런데 전 지금 안도라 사
람들이 보고 있다고 가정하고서라도 돈을 생각하고
있습니다. 그들이 몇 번이고 옳았습니다. 저는 무
엇보다 돈을 생각했으니까요. 그게 그 증겁니다.
그리고 전 감정이 없습니다. 여러 가지로 시험도
해봤지만 헛된 수작이었죠. 전 감정은 없고 겁만
있습니다. 나 같은 놈을 겁쟁이라고들 합니다. 그
것도 역시 주의하여 보았습니다. 겁쟁이도 많지만
저도 겁쟁이란 걸 믿고 싶지는 않습니다. 하지만
사실이 그런 걸 어떡합니까? 그 사람들이 절 구듯

발로 밟았습니다. 그것도 그 사람들과는 감정이 다르기 때문이지요. 그리고 제겐 고향이란 게 없습니다. 신부님은 누구든지 그걸 인정해야 된다고 말씀하셨는데, 그래서 인정을 했습니다. 신부님, 한 유태인이 유태인임을 인정하게 하는 것은 신부님의 손에 달린 문젭니다.

신 부 안드리——.

안드리 신부님, 제가 말씀드리는 중입니다.

신 부 자넨 유태인이 되고 싶은가?

안드리 전 유태인입니다. 오랫동안 그게 무엇인가를 몰랐습니다만, 이젠 알았습니다.

신 부 (어찌할 바를 모르고 주저앉는다)

안드리 전 양친이 없었으면 합니다. 그들이 죽는다 해도 절 고통스럽게 한다거나 절망하게 하지는 않을 겁니다. 제가 죽더라도 그들에겐 마찬가지일 겁니다. 모든 게 갈기갈기 찢어지고, 모든 약속도, 우리들의 진실도, 아무런 소용이 없습니다. 전 그 일이 빨리 일어나길 바라고 있습니다. 전 나이가 들었습니다. 제 확신은 이빨처럼 하나하나 떨어졌습니다. 전 환호성을 올렸습니다. 태양은 숲속에서 푸르게 빛나고 있었습니다. 제 이름을 공중에다 던

져 버렸습니다. 제가 아니고서는 아무도 그걸 가질
수 없습니다. 그러곤 아래로 떨어졌습니다. 그런데
그 돌이 절 죽였습니다. 전 그들이 생각했던 것과
는 달리 불의(不義) 속에서 살았습니다. 전 올바르
게 되려 했고 즐겁게 지내려 했습니다. 나의 원수
가 된 자들이 정당성을 갖지 못했다 하더라도 그들
이 옳았습니다. 결국 그들의 견해로서는 자기 자신
을 옳다고 할 수 없었으니까요. 전 이제 원수란 게
필요없습니다. 사실이면 충분합니다. 내가 아직도
희망을 가졌다는 데에 놀랍니다. 희망하는 것이 저
한테서 이루어진 적은 없습니다. 저는 제가 웃을
수 있고, 울 수 없다는 데에 놀라고 있습니다. 제
슬픔이 여러분보다는 월등합니다. 그러니 전 떨어
지게 되는 거죠. 제 눈은 우울한 나머지 커졌습니
다. 나의 피는 모든 걸 알고 있습니다. 그래서 죽
고 싶었습니다. 그러나 죽음 앞에선 무서웠습니다.
사상이란 세상엔 없는 법입니다.

신 부   자넨 지금 죄를 짓고 있는 거야.

안드리   저 늙은 교사를 보십시오. 그는 영락해 버렸지
만, 한때는 젊은 남자였다고 합니다. 위대한 의지
를 가졌었다고 합니다. 바르플린을 보십시오. 모조

리 다 저주받는 사람들뿐입니다. 신부님, 자신을 보십시오. 당신은 당신의 눈앞에서 내가 체포되어 갈 때, 당신 자신이 어떻게 행동할 것인가를 알고 계실 겁니다. 그래서 당신의 선하고 선한 눈은 절 그렇게 바라보시는 겁니다. 당신은 기도를 할 겁니다. 그러나 신은 당신을 도울 리 없습니다. 그래서 당신은 배신자가 될 것입니다. 은총이란 영원한 헛소문입니다. 그들이 날 체포하러 온다 하더라도 태양은 숲속에서 빛날 것입니다.

　　　(교사 등장한다. 옷이 갈기갈기 찢어진 채)

신 부　무슨 일이 있었소?

교 사　(쓰러진다)

신 부　자, 말을 해봐요!

교 사　그 여자가 죽었어.

안드리　그 부인이요?

신 부　어떻게 그렇게 되었지요?

교 사　돌로…….

신 부　누가 그걸 던졌습니까?

교 사　안드리라고 합니다. 여관 주인이 자기 눈으로 봤다고 하더군요.

안드리　(뛰어나가려고 한다. 교사가 그를 꽉 붙잡는다)

교 사 이애는 여기 있었습니다. 신부님이 증인이니까요.

무대 전면

낯선 자가 증언대에 나온다.

낯선 자 사실 그렇습니다. 그가 그 외국인 여자에게 그 당시 돌을 던졌는가는 판명되지 않았습니다. 저 자신도 그 시간에 그 광장엔 있지 않았으니까요. 아무에게도 죄를 뒤집어씌우고 싶지는 않습니다. 제가 세상 재판관은 아니니까요. 그 젊은 청년이라면 물론 기억이 납니다. 그는 자동 전축 곁에 가서 팁으로 받은 돈을 집어넣곤 했답니다. 그리고 그가 체포되자 저는 안됐다고 생각했습니다. 군인들이 그에게 무슨 짓을 했는지는 모릅니다. 저는 그저 그의 고함치는 소리를 들었을 뿐입니다. 언젠가는 틀림없이 잊혀질 것이라고 저는 생각합니다.

제 10 장

안드리　사람들이 어디서든 날 보고 있다는 걸 난 알고 있다. 보고 싶으면 보라지. (담배를 피워 문다) 내가 그 돌을 던진 것은 아니다. (담배를 피운다) 제 눈으로 봤다고 하는 놈이 있으면 오라구 해. 용기가 있으면 집 안에서 나오란 말이다. 그리고 내게 손가락질을 해보란 말이다.

목소리　(속삭인다)

안드리　당신네들은 무엇 때문에 담 위에서 귓속말을 하는 게요?

목소리　(속삭인다)

안드리　당신네들이 속삭여노 난 힌마더도 알아듣지 못하겠어. (담배를 피운다) 난 광장 한가운데에 앉아 있다. 암, 한 시간이나 됐지. 마치 쥐죽은 듯하구나. 모든 사람들이 지하실에 있나 보다. 신기해 보이는데 전깃줄에 참새들뿐이군.

목소리 (속삭인다)

안드리 내가 왜 숨어야 한단 말이냐?

목소리 (속삭인다)

안드리 내가 그 돌을 던지진 않았어. (담배를 피운다) 새벽부터 난 너희들의 거리를 이리저리 다녀 보았다. 아무도 없이 나 혼자서 다녔다. 덧문은 모조리 닫혀 있었고, 문도 모조리 걸어 잠겨 있었다. 너희들의 백설 같은 안도라엔 고양이만 있더군…….

　　스피커 소리, 한마디도 알아들을 수 없게 크게 울리기만 한다.

　　당신은 무기를 지녀선 안 돼요. 그러면 마지막이라니까.

　　교사가 등장한다. 손에 무기를 들었다.

교 사 안드리——.

안드리 (담배를 피우고 있다)

교 사 밤새껏 너를 찾아다녔다.

안드리 바르플린은 어디 있죠?

교 사 난 저쪽 숲을 돌아보고 오는 길이다.

안드리 제가 숲엔 뭣 땜에 가죠?

교 사 안드리—— 검은 군대가 거기 와 있단다. (귀를 기울인다) 조용히 해!

안드리 뭐가 들립니까?

교 사 (무기의 안전장치를 푼다)

안드리 참샙니다! 참새라니까요.

새들이 지저귀는 소리.

어디 뭐가 있을 데가 있습니까?

교 사 네가 하는 짓은 어리석은 짓이다. 잘못된 생각
이야. (안드리의 팔을 붙잡는다) 자, 가자!

안드리 전 그 돌을 던지지 않았습니다. (몸을 뺀다) 제
가 그 돌을 던지지는 않았다니까요. (소음)

교 사 저게 무슨 소릴까?

안드리 문소립니다. (담배를 짓밟아 끈다) 사람들이 문
뒤에 숨어 있죠. (담배를 피워 문다) 불 있습니까?

멀리서 소북 울리는 소리.

교 사 총소리가 들렸지?

안드리 전처럼 조용한데요.

교 사 난 이제 무엇이 일어날지 짐작도 못하겠다.

안드리 새파란 기적이죠.

교 사 뭐라고?

안드리　노예가 되느니보다는 차라리 죽는 게 낫다고
　　　하지 않습니까?

　　스피커 소리가 다시 들린다.

　　'겁낼 것은 없다.' 저 소리가 들리세요? '안녕과
　　질서'. '피를 흘려선 안 된다', '평화란 이름 아래',
　　'무기를 가진 자나 은닉한 자는', '최고 사령관' '안
　　도라 사람은 겁낼 게 없다.' (침묵) 상상할 수 있는
　　그대로군요. 꼭 같습니다.
교 사　넌 무얼 말하는 거냐?
안드리　당신들이 항복하는 것 말입니다.

　　남자 셋, 무기를 갖지 않고 광장을 질러서 간다.

　　무기를 가지고 있는 사람도 당신뿐입니다.
교 사　개 같은 놈들!
안드리　안도라 사람은 누구나 무서워할 필요가 없지
　　　않습니까?

　　새들이 지저귀는 소리.

　　불을 안 가지셨어요?
교 사　(남자들 쪽을 바라본다)

안드리   그들이 어떤 꼴을 하는지를 보셨습니까? 그들
    은 서로 쳐다보지도 않더군요. 그리고 말 한마디도
    없구요. 이쯤되면 누구나 모든 것을 한 번도 생각
    못했다는 걸 알 수 있습니다. 저렇게 이상스런 꼴
    들을 하고 있죠. 모조리 거짓말쟁이들처럼.

    두 남자가 무기를 갖지 않고 광장을 지난다.

교 사   애.

안드리   이제 그 얘긴 다시 꺼내지 마십시오.

교 사   내 말을 믿지 않으면 넌 망할 것이다.

안드리   전 아들이 아닙니다. 자기 아버지를 골라서 가
    질 수는 없어요.

교 사   네가 믿을 수 있게 하려면 어떻게 해야 되겠니?
    또 어쩌란 말이냐? 난 어디로 가든 사람들에게 그
    걸 말하겠다. 네가 내 아들이란 걸 말이다. 학교에
    서도 말하겠다. 그런데도 어쩌란 말이냐? 네가 그
    걸 믿도록 목이라도 매달아야 되겠니? 난 네게서
    떠나지 못하겠니? (안드리 쪽에 앉는다) 안드리.

안드리   (집들을 쳐다본다)

교 사   넌 무얼 바라보고 있지?

    (까만 군기가 올려진다)

안드리 벌써 저럴 수가 있나!

교 사 저놈들은 깃발이 어디서 났을까?

안드리 이제 저놈들에겐 희생될 양이 필요하겠군요.

　　　(두번째 기가 올려진다)

교 사 집으로 가자.

안드리 아버지, 그런 말씀을 하셔도 소용이 없습니다.
　　당신의 운명은 제 운명이 아니고, 제 운명이 아버
　　지의 운명도 아니니까요.

교 사 유일한 내 증인이 죽었어.

안드리 그 여인에 대해선 말하지 마세요.

교 사 넌 그 여자의 반지를 끼고 있구나!

안드리 어떤 아버지도 당신 같은 짓은 안합니다.

교 사 어디서 그걸 알았니?

안드리 (귀를 기울인다)

교 사 안도라 사람들은 저 너머 사람들과는 전혀 상관
　　을 안하려 하며, 더더구나 어린애 같은 것을 낳는
　　다고 하는 것은 생각도 못할 일이라고 한단 말이
　　다. 그래서 그자들에게 겁을 먹었던 것이다. 그리
　　고 안도라 사람들에 대해서도 겁이 났었구. 그건
　　사실 내가 겁이 났기 때문이다.

안드리 잘 알았습니다.

교 사 (둘러보고 집 있는 데로 걸어가며) 내가 겁쟁이였기 때문에 그렇게 됐지! (다시 안드리에게 돌아서며) 그래서 그런 말을 했던 거다. 그땐 유태인 아이를 양자로 삼는다는 것은 쉬운 일이었다. 그건 명예스러운 것이었으니까. 그들은 널 어루만져 주었단다. 처음엔 널 어루만져 주었어. 저 너머에 있는 자들과 같지 않다는 것이 그들에게 만족감을 주었기 때문이지.

안드리 (귀를 기울인다)

교 사 넌 네 아버지가 말하는 소리가 들리니? (덧문 소리) 듣게 내버려 둬라. (창문 소리) 안드리.

안드리 그들은 그걸 믿지 않습니다.

교 사 네가 내 말을 믿지 않기 때문이다.

안드리 (귀를 기울인다)

교 사 넌 순진해. 그렇구말구, 넌 그 돌을 던지지 않았다. 그 돌을 던지지 않았다고 한 번 말해 봐. 나를 유태인처럼 그렇게 쳐다보는구나. 하지만 넌 내 아들이다. 내 아들이구말고. 만일 네가 그 사실을 믿지 않는다면 넌 파멸하고 말 것이다.

안드리 전 벌써 파멸입니다.

교 사 너는 내가 벌을 받았으면 하고 있지?

안드리　(그를 쳐다본다)

교 사　자, 어서 말해 봐!

안드리　뭘 말입니까?

교 사　죽어야 마땅하지! (멀리서 행진곡 소리)

안드리　그놈들이 음악을 앞세우고 오는군요. (담배를 피
워 문다) 제가 처음 당하는 건 아닙니다. 암만 말해
도 소용이 없습니다. 제 조상이 누군지 알고 있어
요. 수천 수만 명이 교수대에서 죽어 갔습니다. 그
들의 운명이 제 운명입니다.

교 사　운명이라구!

안드리　당신은 그걸 모르고 계신 겁니다. 당신은 유태
인이 아니기 때문이죠. (골목을 내다본다) 절 혼자
내버려 두세요. 저 사람들이 무기를 산더미처럼 내
던지고 있지 않아요?

무장 해제를 당한 군인 하나가 등장한다. 그는 소북을 가지고 있을
뿐이다. 무기를 던지는 소리가 들린다. 군인이 돌아서서 말한다.

군 인　질서 있게 하라고 하지 않았소? 군대에 있을 때
와 마찬가지로. (교사에게 간다) 무기를 이리 내놓으
시오!

교 사　싫다.

군 인 명령이오.

교 사 안 된다니까!

군 인 안도라 사람은 하나도 겁낼 것이 없다니까요!

의사, 주인, 목수, 견습생, 낯선 자 등이 등장한다. 모두 무기를 갖지 않았다.

교 사 개 같은 놈들! 너희들은 모두가 어리석은 녀석들이야! 하나도 빼놓지 않고 어리석은 놈들이다.

(무기의 안전핀을 풀고 안도라 사람들을 쏘려 한다. 그러나 군인이 붙잡는다. 잠시 소리없이 싸운 뒤 교사는 무장 해제를 당하고 돌아다본다)

내 아들이 어디로 갔지? (뛰어간다)

낯선 자 무슨 일이 일어났소?

무대 전면

오른쪽 자동 전축 곁에 안드리가 등장한다. 동전을 넣는다. 그러자 음악이 흘러나오고 안드리는 천천히 퇴장. 자동 전축에서 소리가 나는 동안 검은 제복을 입은 군인 두 명이 기관단총을 메고서 이리저리 둘러보고 있다.

제 11 장

바르플린의 방 앞, 안드리와 바르플린. 멀리서 소북 소리.

안드리 넌 자주 그 친구하고 잤니?

바르플린 안드리.

안드리 네가 그 녀석과 번번이 같이 잤느냐고 묻고 있
　　　　잖아? 내가 여기 문턱에 웅크리고 앉아서 우리가
　　　　도망갈 것을 이야기하고 있는 동안 말이다.

바르플린 (잠자코 있다)

안드리 그 녀석은 여기 서 있었지. 맨발로, 그리고 혁
　　　　대를 풀고 말이다.

바르플린 그만둬!

안드리 원숭이같이 가슴에 털이 났더군.

바르플린 (잠자코 있다)

안드리 그놈의 자식!

바르플린 (잠자코 있다)

안드리 말을 못하는구나…… 그러니 우린 오늘 밤엔
　　　　무슨 얘길 해야 하겠니? 내가 그런 일을 생각해서

는 안 된다고 했지…… 나는 내 장래를 생각해야 한다구 말했지. 그러나 나의 장래는 없어. 여러 번 그런 짓을 했는가를 알고 싶을 뿐이다.

바르플린 (흐느낀다)

안드리 무엇 때문에 내가 그걸 그렇게도 알고 싶어할까? 나와 무슨 상관이 있어서! 다만 너에 대해서 따뜻한 감정을 한 번 더 가지고 싶으면서…… (귀를 기울인다)

바르플린 전혀 이야기가 다르단 말야.

안드리 저놈들이 날 어디로 찾아다니는지 모르겠다.

바르플린 안드리, 너무 심해. 정말 심해.

안드리 그자들이 오면 나는 이제 실례할 테다.

바르플린 (흐느낀다)

안드리 난 우리들이 서로 사랑한다고 생각했었다. 내가 심한 게 뭐냐? 그 사내다운 놈이 어떻든가를 물었을 뿐이다. 어째서 그렇게 찔끔거리지? 네가 내 약혼자였으니까 묻는 데에 지나지 않아. 울지 말아! 이제 넌 내 누이동생으로서 어떻게 느끼고 있는가를 말할 수 있을 거다. (그녀의 머리카락을 만진다) 난 너무 오랫동안 너만을 기다리고 있었다. (엿듣는다)

바르플린 그 사람들이 너를 다치게 해서는 안 될 텐데!

안드리 누가 그런 것을 정하지?

바르플린 내가 네 곁에 있을 테야. (침묵)

안드리 이제 다시 불안해지는구나…….

바르플린 오빠…….

안드리 느닷없이! 그들이 내가 집에 있다는 걸 알고도
　찾지 못한다면 그들은 집에다 불을 지를 거다. 그
　건 누구나 다 아는 이야기지. 그리고 저 아래 골목
　에서 유태인 놈이 창문에서 뛰어내릴 때까지 기다
　리고 있는단 말이다.

바르플린 안드리…… 넌 유태인이 아니야.

안드리 그럼 어째서 날 숨기려 하지?

　　멀리서 소북 소리 들려온다.

바르플린 내 방으로 들어가요!

안드리 (머리를 젓는다)

바르플린 여기에 방이 또 하나 있는지는 아무도 모를
　거야.

안드리 ……파이더는 알 테지.

　　소북 소리가 멀리 사라진다.

자, 이젠 다 끝장이 났군.

바르플린 무슨 말이지?

안드리 올 것은 다 오고 말았어. 끝장이 났단 말이야. 너도 기억하지? 내 머리를 네 품에 묻은 걸 말이다. 그건 사실 끝이 안 났다. 네 품에다 내 머릴 묻었었다. 내가 너희들에게 방해가 되진 않았니? 도무지 상상할 수가 없다. 아무려면 어때! 상상할 수가 있다. 아무것두 아닌데 얘기해서 무슨 소용이 있겠니? 어째서 넌 웃어 버리지 않았지? 넌 한 번도 웃지 않더라. 자, 이젠 끝장이다. 끝났단 말이야. 파이더란 놈이 네 품에 있고 네 머리가 그의 손에 쥐어져 있었을 때 아무렇지도 않았다. 벌써 다 지나간 일이다.(가까운 데서 소북 소리) 그놈들은 어디에 불안한 놈이 있는가를 눈치채고 있어.

바르플린 ······지나가 버리는데?

안드리 집을 포위하는 걸 거야. (소북 소리가 멎는다.) 저 놈들이 나를 찾고 있는 거다. 그것은 너도 잘 알고 있겠지. 나는 네 오라비가 아니야. 암만 거짓말을 해도 소용없다. 벌써 너무 많이 시기당해 온 걸. (침묵) 자, 이별이나 하자.(입을 맞추려 한다)

바르플린 안드리

안드리 옷을 벗어라!

바르플린 정신 나갔어, 안드리?

안드리 지금 입을 맞추고 날 껴안아라!

바르플린 (몸부림친다)

안드리 아무러면 어때?

바르플린 (몸을 뺀다.)

안드리 정말 그렇게 절개를 지키는 척할 필요는 없잖
    아. (창문을 흔드는 소리)

바르플린 저게 무슨 소리야?

안드리 ……내가 있는지 저놈들이 알고 있단 말이다.

바르플린 불을 좀 꺼요! (두번째 창문 흔드는 소리)

안드리 자, 내 입을 맞춰 달란 말이야!

바르플린 싫어요, 싫어!

안드리 딴 사람하고는 즐겁게 벌거벗고 하던 짓을 나
    하고는 할 수 없단 말이냐? 너를 놓아 주지 않겠
    다. 다른 사람과는 어떻게 했단 말이냐? 자, 말을
    좀 헤봐. 어땠었지? 키스하겠나? 군인의 약혼자야
    한 사람쯤 많건 적건 자랑은 안 될걸. 나는 어떻게
    다르단 말이냐? 내가 네 머리에 키스하면 네 머리
    가 지루하다더냐?

바르플린 오빠.

안드리 왜 나하고만 창피한 것을 느끼느냐 말이다.

바르플린 이제 날 놔줘요.

안드리 놔달라구? 절대로 널 놓지 않겠다. 벌거벗고
즐겁게 놀아 보자. 자, 어서, 자!

바르플린 (고함친다)

안드리 독초 이야길 생각해 봐. (실성한 듯이 그녀의 블라
우스 단츠를 끄른다) 우리들이 독초 이야기를 했을 때
를 생각해 봐.

바르플린 넌 미쳤어!

    (초인종 소리) 저 소리가 들리니? 네가 우릴 믿지
않으면 넌 망해. 안드리, 숨으란 말이야.

    (초인종 소리)

안드리 우리가 어린애였을 때, 우리는 왜 독초를 먹지
않았지? 바르플린, 이젠 너무 늦었다.

    (대문 두드리는 소리)

바르플린 아버지께선 문을 열지 않으실 거야.

안드리 더디기도 하구나.

바르플린 뭐라구?

안드리 더디다고 했어.

    (대문 두드리는 소리)

바르플린 하느님이여, 우리들 하느님이시여, 전지 전

능하신 하느님, 하늘에 계신 하느님, 하느님, 하느님, 하느님.

   (대문 부서지는 소리)

안드리   날 혼자 내버려 둬라. 자, 빨리 블라우스를 입어라. 그들이 내 곁에 있는 너를 발견하면 좋지 않다. 빨리 하란 말이야. 네 머리카락도 한번 매만져.

   방 안에서 목소리, 바르플린은 촛불을 끈다. 장화 소리, 소북을 가진 군인과 검은 제복을 입은 두 명이 등장. 회중 전등을 휴대했다. 바르플린, 혼자 방에 있다.

군 인   그놈은 어디 갔지?

바르플린   누구 말이죠?

군 인   우리 유태놈 말이야.

바르플린   유태인이라곤 없어요.

군 인   (그녀를 밀치고 문 있는 데로 간다)

바르플린   할 테면 해봐요!

군 인   문을 열어!

바르플린   사람 살려요, 사람!

안드리   (문에서 나온다)

군 인   저놈이다.

안드리   (묶인다)

바르플린 우리 오빠를 해치지 마세요. 그분은 제 오빠
  예요.

군 인 그건 유태인 검열에서 나타날 것이다.

바르플린 유태인 검열이라구요?

군 인 자, 앞으로 가.

바르플린 그게 뭐죠?

군 인 앞으로 가라니까! 모두들 유태인 검열에 나와야
  해! 앞으로 가. (안드리 끌려간다) 유태인의 정부 같
  으니!

무대 전면

의사가 증언대에 나온다.

의 사 오늘 여기서 이야기되고 있는 사건은 벌써 여러
  번 보도된 것이긴 합니다만 간단히 요약해서 말씀
  드리겠습니다. 나중에 가서 우리가 어떻게 행동했
  어야 됐을 것인지 쉽사리 알 수 있는 것이지만, 왜
  내가 그때 다르게 행동하지 않았느냐 하는 이유는
  저 자신도 모를 일이니 말할 수가 없습니다. 사실
  우리 같은 사람이 무슨 짓을 했단 말입니까? 전 아
  무 짓도 하지 않았습니다. 전 공의(公醫)였었고,

오늘까지도 역시 그렇습니다. 제가 그 당시에 이야기했다는 것을 지금은 기억 못하겠습니다. 그건 말하자면 제 성격입니다. 안도라 사람들은 자기가 생각한 대로 말합니다. 요약해서 말씀드리지요. 사실입니다. 우리들은 그 당시 모든 것을 잘못 생각했습니다. 저는 그 점을 분명 애석하게 여기는 바입니다. 제가 몇 번이나 더 이야길 해야 되겠습니까. 참혹한 짓을 하지 못했습니다. 한 번도 그런 짓을 하지 못했습니다. 무엇보다도 전 그 젊은이를 단지 두세 번 보았을 뿐입니다. 후에 있었다고 하는 싸움도 전 보지 못했습니다. 그렇지만 전 그때 그놈들이 나쁘다고 분명히 말했었습니다. 저는 다만 나중에 안드리가 그렇게 된 것이 제 책임이 아니란 것만 말씀드릴 수 있습니다. 그리고 유감스럽지만 이 말은 빼놓을 수가 없는데, 그 젊은이의 행동은 점점 유태인답게 되어갔다는 사실입니다. 그 젊은이가 우리와 꼭 같은 안도라 사람이었다 하더라도 말입니다. 저는 소위 어떤 현실적인 문제에 지고 말았다고 하는 것을 결코 부인하진 않겠습니다. 우리가 잊어선 안 될 일이지만, 정말 흥분한 시기였으니까요. 나 자신에 관해서 말이지만, 저는 학대

하는 데에 참여하지 않았을 뿐더러, 아무에게도 교사(敎唆) 하지 않았습니다. 그 점은 떳떳하게 강조할 수 있습니다. 슬픈 일이지만 의심할 바가 없습니다. 그 일이 그렇게 된 데에 대해 저는 책임이 없습니다. 이 말을 끝맺는 마당에서 우리들이 그 일의 경과에 대해 다만 유감스러웠다고 생각한다는 것을 다시 한 번 되풀이하겠습니다. 이것은 아마 모든 사람이 다 그렇게 생각하고 있을 것입니다.

제 12 장

안도라 광장, 거리는 검은 제복을 입은 군인들로 포위되어 있다.
차려총 자세를 취하고 움직이지 않는다. 안도라 사람들은 쭉 늘어
서서 앞으로 일어날 일을 기다린다. 다만 속삭이기만 하면서.

의 사　제발 흥분들 마십시오. 유태인 검열이 지나가면
이전대로 될 겁니다. 안도라 사람이라면 누구도 겁
낼 것 없습니다. 그건 명명백백한 사실입니다. 나
는 공의 그대로 있습니다. 여관 주인은 여관 주인
으로, 안도라는 안도라로 그대로 있을 것입니다.

소북 소리.

견습생　이제 그들은 저 검은 헝겊을 나눠 주겠군요.
　　(검은 헝겊을 나눠 준다)
의 사　제발 반항들은 마시오.

바르플린이 나타난다. 그녀는 당황해서 군중들 사이를 지나가면서
그들의 소매를 잡아당긴다. 그들은 그녀를 돌아다본다. 그녀는 무
어라고 중얼거린다. 그걸 알아듣는 사람은 아무도 없다.

주 인 사람들은 갑자기 그 녀석이 유태인이 아니라고
    한단 말이야.

낯선 자 뭐라구 그럽니까?

주 인 그 녀석이 유태인이 아니라는 거죠.

의 사 그렇지만 그건 첫눈에 알아볼 수 있지 않은가.

낯선 자 누가 그러죠?

주 인 선생이 그러죠.

의 사 이제 곧 알게 될 것이오.

주 인 하여간, 돌은 그 녀석이 던졌지요.

낯선 자 증거가 나왔습니까?

주 인 증거라니요?

의 사 그애가 범인이 아니라면, 그앤 왜 숨으려 했겠
    소? 왜 겁을 먹고 있었겠소? 그놈은 어째서 우리
    처럼 광장엘 나오지 않아?

주 인 정말 옳은 말씀이오.

낯선 자 어째서 그가 아니란 말씀이오?

주 인 정말 옳은 말씀입니다.

낯선 자 저자들은 밤새껏 그애를 찾았다고 하더군요.

의 사 그들은 결국 찾아냈죠.

낯선 자 그자의 처지가 딱하군.

주 인 하여간 그 녀석은 돌을 던졌으니까.

그들은 입을 다문다. 그곳에서 검은 군인 하나가 온다. 그들은 검은 헝겊을 받지 않을 수가 없다. 군인은 계속해 나눠 준다.

의 사 저들은 이 헝겊을 전국민에게 나눠 줍니다. 말

한마디 없이! 그게 조직이란 것이지, 어울리는군.

잘돼 가는데.

낯선 자 그런데 냄새가 나지 않아요? (그들은 자기 헝겊

의 냄새를 맡는다)

식은땀 냄새로군…….

바르플린이 의사와 여관집 주인이 있는 쪽으로 와서 그들의 소매를 잡아당기고 속삭인다. 사람들은 그녀에게 등을 돌린다. 그러나 그녀는 계속해서 헤맨다.

그 계집애가 뭐라고 그랬죠?

의 사 어리석은 소리죠.

주 인 암만해도 혼이 나겠군.

의 사 지금은 무엇보다도 반항을 하지 마시오.

바르플린은 다음 무리로 가서 소매를 잡아당기고 속삭인다. 사람들은 등을 돌린다. 그녀는 계속해서 헤맨다.

주 인 내 눈으로 보았느냐구 하셨죠? 바로 이 자린데,

증거가 있느냐구요? 증거가 있느냐구 물었죠? 그

럼 댁은 녀석말고 누가 돌을 던졌단 말입니까?

낯선 자 난 그저 물어 본 것뿐이오.

주 인 그럼 우리들 중의 한 사람이란 말이죠?

낯선 자 나는 그때 없었소.

주 인 나는 있었거든요.

의 사 (입에다 손가락을 댄다.)

주 인 내가 그 돌을 던졌단 말이오?

의 사 조용해요.

주 인 ……내가 말이오?

의 사 우린 떠들어선 안 됩니다.

주 인 바로 여깁니다 이 자리죠. 여기 그 돌이 있어요.
　　자, 보세요. 똑똑히 봤습니다. 길바닥을 까는 돌이
　　에요. 그리고 그놈은 이렇게 돌을 주웠어요.(돌을
　　줍는다.) 이렇게 말이오…….

　　목수가 그쪽으로 등장한다.

목 수 무슨 일이오?

의 사 흥분만은 하지 마시오.

목 수 이 검은 헝겊은 뭣에 쓰는 거요?

의 사 유태인의 검열에 쓰는 거요.

목 수 이걸로 무얼합니까?

　　검은 군인들은 받들어총 자세를 하고 광장을 포위하고 있다. 그들 가
　운데서 평복 차림의 검은 자가 빠르고 잰걸음으로 광장으로 나선다.

의 사　저게 그 사람이군.

목 수　누가요?

의 사　유태인 검열관 말이오.

　　군인들은 차려총 자세를 취한다.

주 인　……그런데 저자가 잘못 짚으면 어떡하죠?

의 사　틀리는 법이 없지.

주 인　하지만 만약에 그러면 어떡합니까?

의 사　틀릴 리가 없지 않소?

주 인　아니, 가정을 해서 말입니다. 그렇게 되면 어떻

　　게 되죠?

의 사　저자는 날카로운 눈을 가지고 있어요. 믿어도

　　좋아요. 저자는 새를 믿는단 말이오. 그리고 누군

　　가 광장으로 걸어가는 걸 보기만 해도 알아낸단 말

　　이오. 발을 보면 알거든.

낯선 자　그럼 우린 신발을 벗어야 하나요?

의 사　저 사람은 유태인 검열관 교육을 받은 사람이에요.

　　바르플린이 다시 나타난다. 그녀는 찾아보지 않은 무리를 찾고 있

다. 견습생을 발견하고 그리로 간다. 그의 소매를 잡아당기며 무엇인가 중얼거린다. 견습생도 등을 돌리고 만다.

견습생 날 가만 내버려 둬! (의사는 짧은 궐련을 피워 문다) 저앤 돌았어. 아무도 광장을 걸어가서는 안 된다고 하지 않았어? 만일 어기는 자가 있으면 우리를 모조리 데려갈 거라고 했단 말이야. 그리고 신호를 하겠다고. 정말 돌았어.

검은 군인 하나가 의사가 담배 피우는 것을 보더니, 총검을 꽂은 채 찌를 듯 의사한테로 온다. 의사는 놀라 궐련을 길에 버리고 밟는다. 얼굴이 창백해진다.

저놈들이 그 녀석을 찾았다고 그러던데……. (소복 소리) 이제 시작이로군.

그들은 머리에 헝겊을 두른다.

주 인 난 검은 헝겊을 머리에다 두르지 않겠어!

낯선 자 왜요?

주 인 그런 거 안한다니까요!

견습생 명령인걸요.

주 인 뭣 때문에 이런 짓을 한담.

의 사 그들은 누가 숨어 있으면 어디서나 이런 짓을

하죠. 우리가 그놈을 당장에 잡아 주었더라면 좋았
을걸…….

백치가 등장한다.

주 인 어째 저 녀석은 검은 헝겊을 갖지 않았지?

낯선 자 그들은 저애가 유태인이 아니라고 생각하거든.

백치는 싱글거리고 머리를 끄덕이며 계속해서 걷는다. 그러곤 어디
서나 검은 헝겊으로 얼굴을 가린 사람들을 살피고 싱글거린다. 여
관 주인만이 아직 복면을 하지 않은 채다.

주 인 난 머리에 검은 헝겊을 뒤집어쓰진 않겠단 말이오!

복면자 저 사람은 그 황색 전단을 읽지 않았구먼.

주 인 왜 매처럼 눈을 가리죠?

소북 소리 계속.

복면자 이제 시작이로군.

복면자 제발 흥분하지 마시오.

복면자 이제 시작이로군.

소북 소리 계속.

주 인 난 여관 주인이오. 왜 내 말을 믿지 않죠? 난
여관 주인이오. 어린애들도 내가 누군지 다 알고

있어. 당신들 모두도 알고 있죠.

복면자 저 사람 겁이 나는 모양이군.

주 인 당신들은 날 모릅니까? 복면한 여자분, 당신은
겁이 나는가 보군요.(복면한 사람 두셋이 웃는다)

복면자 저인 매를 맞을 거야.

주 인 난 유태인이 아니야!

복면자 저인 수용소로 가겠는데.

주 인 난 유태인이 아니라니까!

복면자 저인 황색 전단을 읽지 못한 모양인데.

주 인 날 몰라 본단 말이오? 당신은? 난 여관 주인이
오. 당신은 누구요? 당신들이 그럴 순 없습니다.
여기 있는 당신들이 말이오! 난 여관 주인이오. 날
몰라보는 거요? 날 이렇게 쉽게 버릴 수 있습니
까? 저기 있는 당신, 내가 누구요? (때마침 부인과
함께 등장한 교사가 복면하지 않은 걸 발견한다)

교 사 그 돌을 던진 건 당신이죠?
(주인은 돌을 길바닥에 떨어뜨린다)
어째서 당신은 내 아들이 그런 짓을 했다고 했
지? (여관 주인은 얼른 복면을 하고 복면자들 틈에 섞인
다. 교사와 그의 아내만이 남아 있다) 모조리 다 썼군
그래. (호각 소리)

복면자 저건 무슨 뜻이지?

복면자 구둘 벗어야 해.

복면자 누가?

복면자 모두.

복면자 지금?

복면자 신발을 벗으란 말이지? 신발을?

복면자 왜?

복면자 저 사람 황색 전단을 읽지 않았군 그래.

　　　(복면한 사람들, 모두 무릎을 끓고 구두를 벗는다. 침묵,
　잠깐 동안이다)

교 사 모두 잘들 복종하는군!

　　　(검은 군인이 온다. 교사와 그의 아내 역시 검은 헝겊을
　받아야 한다)

복면자 호각 소리가 한 번 나면 구두를 벗는 거야. 전
　단이 지시한 대로 해야 해. 호각이 두 번 울리면
　걸어가는 거라고 했어.

복면자 맨발로?

복면자 저자가 뭐라고 했지?

복면자 구두를 벗으라고요?

복면자 그리고 세 번 호각 소리가 나면 헝겊을 벗으란
　뜻이지.

복면자 왜 헝겊을 벗죠?

복면자 전단에 그렇게 써 있단 말이오.

복면자 그가 뭐라고 했어?

복면자 전단의 지시를 따르란 말이야.

복면자 두 번 호각은 뭐라구요?

복면자 걸어가란 뜻이오.

복면자 어째서 맨발로 걷죠?

복면자 세 번 호각은 헝겊을 벗으란 뜻이오.

복면자 신발은 어떻게 되나요?

복면자 헝겊을 벗은 사람은 유태인이오.

복면자 전단에 적힌 대로만 해요.

복면자 안도라 사람은 겁낼 것 없다구 그래죠.

복면자 지금 뭐라 그랬죠?

복면자 안도라 사람은 겁낼 것이 없다구요.

복면자 구두는 어떻게 되죠?

> 교사는 복면을 하지 않은 채 군중들의 한가운데로 들어간다. 그는 혼자 서 있다.

교 사 안드리는 내 아들이다.

복면자 그러니 우리보고 어떡하란 말이죠?

교 사 내가 하는 말이 들리오?

복면자 저이가 뭐라 그러지?

복면자 안드리가 자기 아들이라고 그러는데.

복면자 여하간에 그 녀석이 돌을 던지지 않았소.

교 사 당신들 중에 누가 그런 소리를 하지?

복면자 신발은 어떻게 되죠?

교 사 당신들은 어째서 거짓말을 합니까? 당신들 중에
한 사람이 그런 짓을 했다고 하시오.(소북 소리)
당신들 중에 살인자가 있어도 저들은 수사하지 않
고 보자기를 그냥 씌우는군! 그들은 알 바가 아니
라는 거지. 헝겊을 뒤집어씌운단 말이오. 어떤 사
람이 이제부터 살인자로 대접을 받든, 당신들은 상
관이 없단 말이지. 안녕과 질서가 제일이란 말이
군. 여관 주인은 여관 주인일 게고, 의사는 의사로
있을 것이오. 저놈들을 좀 보란 말이야! 신발을 한
줄로 정돈해 놓았군. 그런데 저놈들 중 한 놈이 살
인자란 말이야. 그런데도 헝겊을 덮어씌웠거든. 그
리고 애길하는 놈을 미워한단 말이야.

　(소북 소리 계속)

이게 우리 국민들이란 말인가? 당신들을 행복하
게 할 하느님도 있을 거란 말이오! 굉장한 국민이
로군.

(소북을 든 군인 하나가 등장한다)

군 인 준비됐소?

(복면한 모든 사람들이 신발을 손에 들고 일어난다)
구두는 그 자리에 둔다. 군대에서처럼 말이다. 알
겠나? 구두를 나란히 놓으란 말이다. 됐나? 안녕
과 질서는 군대의 책임이란 말이다. 어째 꼴들이
이 모양인가? 본관은 구두를 차례차례 놓으라고
했다. 그리고 이곳에선 불평을 하지 말라고 했다.
(구두의 줄을 검사한다) 그건 거기에!

복면자 난 여관 주인이오.

군 인 더 뒤로!

(복면자는 자기 구두를 정돈한다)
본관이 명령문을 다시 한 번 낭독하겠다. (사이) 안
도라 국민들이여! 유태인 검열은 해방된 지역에 있
어 주민의 보호를 위한 시책이다. 말하자면 안녕과
질서의 회복을 위한 것이다. 안도라 사람들은 조금
도 겁낼 게 없다. 시행 규정은 황색 전단을 보라.
조용히 하시오! 9월 15일 안도라 총사령관…… 어
째서 당신은 검은 헝겊을 머리에 쓰지 않았소?

교 사 내 아들은 어디 있소?

군 인 그자는 여기 있으니 염려 마시오. 그자는 우리

들의 그물에 걸려 있소. 그도 걸어갈 거요. 다른
　　사람처럼 맨발로 말이오.

교 사　당신은 내 말을 알아들었소?

군 인　정돈! 앞의 줄로 가시오!

교 사　안드리는 내 아들이오.

군 인　이제 알게 될 거요. (소북 소리 계속) 정돈! (복면
　　자들은 정렬한다) 안도라 시민들이여! 알겠는가? 유
　　태인 검열이 시작되면 말을 하지 않는다. 알겠는
　　가? 여기선 그 일이 정정당당하게 행해지는 것이
　　중요한 거다. 호각을 불면 그 자리에 선다. 알겠는
　　가? 반드시 차렷 자세가 아니라도 좋다. 차렷 자세
　　는 군대만 한다. 그들은 연습을 했으니까. 유태인
　　이 아닌 자는 자유다. 곧 일을 하러 가도 좋다. 북
　　을 쳐라. (소북을 친다.) 그리고 유태인 검열관이 호
　　각을 불 때 그곳에 서지 않는 자는 그 자리에서 총
　　살이다, 알겠는가?

　　종소리가 울린다.

교 사　신부는 어딜 갔소?

군 인　아마 유태인을 위해서 기도를 드리고 있겠지.

교 사　신부는 사실을 알고 있어요.

유태인 검열관 등장.

군인 조용히 하시오!

검은 군대들은 소박한 관리처럼 행동하는 유태인 검열관이 광장에 있는 의자에 앉을 때까지 받들어총을 하고 그대로 기다린다. 이제 차려총 자세를 한다. 유태인 검열관은 자루 달린 안경을 벗고 닦아서 다시 쓴다. 교사와 그의 아내도 이젠 복면을 하고 있다. 유태인 검열관은 종소리가 그칠 때까지 기다린다. 그리고 신호한다. 두 번 호각 소리.

군 인 제1번!

　　(아무도 움직이지 않는다)

　시작! 앞으로 가! 시작! (백치가 제 1번으로 걷는다) 너는 그만둬! (복면자들 가운데서 무서워서 웅성대는 소리) 조용히 해! (소북 소리) 제기랄! 제군은 평상시와 마찬가지로 광장을 지나야 한다. 앞으로 가!

　(아무도 움직이지 않는다)

　안도라 사람은 누구나 겁낼 것이 없다.

　(바르플린은 유태인 검열관 앞으로 나와서 그의 장화 앞에다 검은 헝겊을 내동댕이친다)

　이게 무슨 짓이냐?

바르플린 이것이 신호예요. (복면자들 가운데서 동요) 안도라 사람은 광장을 지나지 않는다고 말을 해요.

우리들 중엔 유태인은 없다고 말이에요! 그러면 우
릴 때리겠죠. 그들은 우리 모두를 쏘아 죽일 거라
고 말하겠죠.

(검은 군인 두 명이 바르플린을 잡는다. 반항하나 소용이
없다. 아무도 움직이지 않는다. 빙 둘러 있는 군인들은 사
격 자세를 취한다. 아무도 소리를 내지 않는다. 바르플린은
끌려간다)

군 인 그러면 시작하시오. 매질을 해야 알겠소? 자,
한 사람씩.

(이제 그들은 걷는다)

천천히! 천천히!

(지나간 자는 머리에서 헝겊을 벗는다)

헝겊을 집으시오. 단 내가 말한 대로 질서 있게.
우린 돼지우리처럼 될 순 없소. 유태인을 상징하는
별표는 오른쪽 위에 있는 거요. 우리들 외국인이
어떻게 생각하겠소.

(다른 사람들은 아주 천천히 걷는다)

일이 끝났을 때처럼 가란 말이오.

유태인 검열관은 그들의 걸음걸이를 조심스럽게 검사한다. 그러나
습관이 돼서 태연히, 그리고 지루한 듯이 보인다.

군 인 저걸 보시오!

복면자 난 프라더라고 합니다.

군 인 다음!

복면자 누가 내 발을 걸었소?

군 인 그런 사람 없소.(목수는 헝겊을 벗는다) 다음 계속
　　　하라고 말하지 않소. 다음 사람, 그리고 지나간 사
　　　람은 곧 자기 신을 집으시오. 당신들에게 말했잖
　　　소. 제기랄! 유치원 같잖아. (소북 소리)

목 수 어느 놈이 내 발을 걸었어.

군 인 조용히 해!

　　　(어떤 사람이 틀린 방향으로 걷는다)

　　　저런 바보 같으니! 닭새끼 같군!

　　　(다 지나간 몇 사람이 킥킥거린다)

복면자 난 공의요.

군 인 알았어.

의 사 (헝겊을 벗는다)

군 인 당신 구두를 집으시오.

의 사 머리에 수건을 쓰고 있으면 볼 수가 없어요. 이
　　　런 일에 익숙해 있질 않아서요. 땅바닥을 보지 않
　　　고 어떻게 갈 수가 있겠소?

군 인 다음, 다음!

의 사 그건 부당한 요구요.

군 인 다음! (소북 소리)

　　　다음!

의 사 내 구두가 어디 갔지? 누가 내 구두를 집어갔
　　　군. 이건 내 구두가 아닌데.

군 인 당신은 어째서 자기 구두도 올바르게 집질 못하
　　　오?

의 사 내가 여기다 놔뒀는데.

군 인 그러니 유치원 같다고 하잖아!

의 사 저게 내 구둔가? (소북 소리)

군 인 소란 피우지 마시오!

의 사 맨발론 못 가겠소. 습관이 안 돼 있어서 그러니
　　　말을 공손히 하시오. 그런 말투는 용납할 수 없소.

군 인 그래서 어쩌자는 거야?

의 사 소란을 일으키진 않겠소.

군 인 저 작자가 뭘 원하는지 모르겠군.

의 사 내 구두요.

　　　(유태인 검열관이 신호한다. 한 번 호각 소리)

군 인 난 근무중이야. (소북 소리)

　　　다음! (아무도 움직이지 않는다)

의 사 이건 내 구두가 아니라니까!

군 인 (그의 구두를 빼앗는다)

의 사 곤란합니다, 곤란해요. 누가 내 구두를 잘못 가져
    갔어요. 난 걷지 못하겠소. 욕을 먹어도 못 가겠소.

군 인 이 구둔 누구 것이오?

의 사 난 패러라고 하는데…….

군 인 이 구둔 누구 거요?

    (그것을 단 앞에 놓는다)

    알 수 있겠소?

의 사 인제 알았소.

군 인 그러면 계속하시오. (소북 소리)

    다음 사람! (아무도 움직이지 않는다)

의 사 ……내 구두를 찾았소.

    (아무도 움직이지 않는다)

군 인 또 겁이 난 자가 누구요?

    (그들은 차례차례 걷는다. 집행은 대단히 훈련이 잘 되어
    있어서 지루해진다. 차례가 되어 유태인 검열관 앞에 서서
    헝겊을 벗는 자 중의 하나는 견습생이다)

견습생 유태인을 표시하는 별표는 어디 있죠?

어떤 자 오른쪽 위에 있소.

견습생 그놈이 벌써 지나갔나요? (유태인 검열관은 다시
    신호를 한다. 세 번 호각 소리)

군 인 그만!

(복면자들 선다)

헝겊을 벗어!

(복면자들은 움직이지 않는다)

헝겊을 벗어, 유태놈아! 들리지 않니? (군인은 한 복면자에게 와서 헝겊을 벗긴다. 그는 낯선 자다. 그는 놀란 나머지 굳어져 있다) 이자가 아니야, 이잔 겁을 집어먹고 있었기 때문에 그렇게 보인 거다. 이자가 아니야. 그러니 겁을 먹지 말아요! 이자가 즐거워할 때는 전혀 다르게 보였는데.

(유태인 검열관은 일어서서 낯선 자에게 걸어온다. 오랫동안 직업적인 태도로 검사한다. 무관심하게 양심적으로. 낯선 자는 긴장한 나머지 얼굴이 일그러진다. 유태인 검열관은 자기 볼을 그의 털 아래에 갖다댄다)

군 인 머릴 들어. 이봐, 어떤 놈처럼 뚫어지게 쳐다볼
　　　건 없어.

(유태인 검열관은 발을 검사하고 귀찮은 듯 눈짓을 한다)

이봐, 꺼지란 말이야! (군중들 사이에 긴장이 풀린다)

의 사 저 사람이 틀릴 리가 있니, 내가 뭐라 그랬어?
　　　저 사람은 절대로 틀리지 않는다니까. 눈이 날카롭
　　　거든. (소북 소리)

군 인 다음 사람!

(그들은 다시 일렬 종대로 걷는다)

이게 무슨 더러운 것이오. 당신들은 땀이 날 때도 손수건을 갖고 있지 않으니, 원 별꼴 다 보겠군.

(복면자 하나가 길바닥에서 돌을 집는다)

이 봐! 뭘 하는 거지?

복면자 난 여관 주인인뎁쇼.

군 인 그 돌이 무슨 상관이지?

복면자 전, 전, 여관 주인입니다. 전, 전…… (주인은 복면을 한 채다)

군 인 바지 속에 똥이나 싸지 말라고 그래라.

(여기저기서 킥킥거린다. 좀 불안하면서도 명랑한 듯한 가운데 유태인 검열관의 신호에 따라 다시 세 번 호각 소리가 난다)

정지!

(교사가 헝겊을 벗는다)

당신 말고 저기 있는 사람…… 아니 그 옆사람.

(지명된 복면자는 움직이지 않는다)

헝겊을 벗어! (유태인 검열관이 일어선다)

의 사 날카로운 눈을 가졌군. 내가 뭐라고 그랬어? 걸음걸이를 보면 알거든…….

군 인 3보 앞으로!

의 사 저놈이 잡혔군…….

군 인 뒤로 3보!

　　　(복면자는 귀를 기울인다)

　　웃어 봐!

의 사 웃음만 들어도 알지…….

군 인 웃으라니까! 그렇지 않으면 발사할 테다, 좀더
　　크게.

　　　(복면자는 웃으려 한다)

의 사 저게 유태인의 웃음이 아니면 뭐겠누…….

　　　(군인은 복면자를 떼민다)

군 인 헝겊을 벗어! 유태인 놈아, 그런 건 소용없단 말
　　이다. 네 얼굴을 보여라. 그러지 않으면 총살이다.

교 사 안드리가!

군 인 하나, 둘, 셋까지야!

　　　(그 복면자는 움직이지 않는다)

군 인 하나!

교 사 안돼요!

군 인 둘!

　　　(교사는 그의 헝겊을 벗겨 준다)

　　　셋!

교 사 안드리야! (유태인 검열관이 와서 안드리를 검사한다)

교 사 그앤 내 아들이오!

　　(유태인 검열관은 발을 검사하고 전처럼 느릿느릿하게 신
　호한다. 그러나 다른 신호다. 그리고 검은 군인 두 명이 안
　드리를 인수한다)

목 수 갑시다.

어머니 (앞으로 나서면서 헝겊을 벗는다)

군 인 어떻게 하려는 거야?

어머니 사실을 말하겠어요.

군 인 안드리가 당신 아들이오?

어머니 아니에요. 그렇지만 안드린 제 남편의 아들이
　　에요.

군 인 그걸 증명해 보시오.

어머니 그건 정말이에요. 그리고 안드리가 돌을 던지
　　지 않았다는 걸 나는 잘 알고 있어요. 왜냐하면 그
　　일이 일어났을 때 안드리는 집에 있었으니까요. 영
　　원토록 우리들의 심판자가 되시는 전지전능하신 하
　　느님께 맹세해요.

주 인 저 여잔 거짓말을 합니다.

어머니 그앨 놓아 줘요!

　　(유태인 검열관이 다시 한 번 일어난다)

군 인 조용히!

　　(유태인 검열관은 다시 안드리에게 가서 검사를 반복한다.
　그리고 안드리의 호주머니를 뒤집는다. 동전이 떨어진다.
　안도라 사람들은 그것이 용암인 것이기나 한 것처럼 후다닥
　뒤로 물러선다. 군인은 웃는다)

군 인　유태인의 돈이군.

의 사　틀림없단 말이야……

교 사　유태인의 돈이라니? 당신들의 돈이고 우리들의
　　돈이오. 그럼 당신들은 주머니 속에 뭐 다른 돈을
　　가지고 있단 말이오?

　　(유태인 검열관은 머리카락을 만져 본다)

　　넌 왜 잠자코 있니, 안드리?

안드리　(미소짓는다)

교 사　이앤 내 아들이오, 이애를 죽여선 안 돼요. 내
　　아들이오, 내 아들.

　　(유태인 검열관은 퇴장한다. 검은 군대는 차려총 자세를
　하고 있으며, 예의 그 군인이 지휘한다)

군 인　이 반지는 어디서 났지?

목 수　저앤 값진 물건도 갖고 있었군.

군 인　이리 내!

안드리　싫소!

군 인　내놓으라니까.

안드리 못 내놓겠소 못 내놔. (저항하며 주저앉는다)

목 수 저앤 값진 물건을 뺏기지 않으려고 기를 쓰는군
     ……

의 사 갑시다…….

    (안드리는 검은 군대에 둘러싸여 볼 수가 없다. 그리고 비
명 소리가 들린다. 조용해진다. 안드리는 잡혀간다)

교 사 머릴 숙여라, 그리고 집으로 돌아가란 말이다.
당신들은 아무것도 몰라. 당신들은 그걸 보지 못했
어. 구역질들이나 해. 거울 앞에서 구역질들이나!

    (안도라 사람들은 각자 자기 신발을 집어들고 사방으로 흩
어진다)

군 인 이 녀석은 이제 신발이 필요없어.(퇴장)

낯선 자 불쌍한 유태인이군…….

주 인 우리들이야 어떻게 해볼 수도 없지 않았소?

    (낯선 자도 가고 다른 사람들도 주점으로 간다)

목 수 소주 한 잔 주쇼!

의 사 나도 소주 한 잔 주게!

목 수 아직도 그애 구두가 저기 있군.

의 사 안으로 들어가세.

목 수 반지 때문에 지나친 짓들을 했군…….

    목수, 의사, 그리고 주인은 술집으로 사라진다. 장면은 어두워지고

자동 전축이 저절로 연주를 시작한다. 항상 같은 판이다. 장면이
다시 밝아지자 바르플린이 무릎을 꿇고 광장 길바닥에 흰 칠을 하
고 있다. 바르플린은 머리가 깎여져 있다.

바르플린 난 흰 칠을 해요. 흰 칠을요.

신 부 바르플린!

바르플린 제가 흰 칠을 하면 안 되나요, 신부님? 우리
　　　집인데요.

신 부 넌 어쩐지 이상스럽구나.

바르플린 난 흰 칠을 해요.

신 부 이건 집이 아니란다, 바르플린.

바르플린 난 흰 칠을 해요. 흰 칠을요.

신 부 그건 소용없는 짓이다.

　　　여관 주인 등장.

주 인 저애가 여기서 뭘 하는 겁니까?

바르플린 여기 그이의 구두가 있군요.

주 인 (구두를 집으려 한다)

바르플린 가만 둬요.

신 부 저앤 정신을 잃었습니다.

바르플린 난 흰 칠을 해요, 흰 칠을요. 당신들은 뭘 하
　　　죠? 내가 보는 걸 당신들이 모른다 해도 내가 흰

칠하는 건 볼 거예요.

주 인   그만둬!

바르플린   피예요, 피, 사방이 피예요.

주 인   그건 우리 식탁이야!

바르플린   내 식탁, 당신 식탁, 우리 식탁.

주 인   저애가 저래선 안 되겠는데.

바르플린   당신은 누구죠?

신 부   할 짓은 다해 보았어.

바르플린   난 흰 칠을 해요, 흰 칠을요. 우리 안도라가
　　　하얘지라구 말이에요. 여보세요, 살인자 양반들,
　　　백설 같은 안도라를 만들겠어요. 당신들을 모조리
　　　하얗게 칠하겠어요. 모조리…….

　　이전 군인 등장.

　　저놈이 날 건드리지 못하게 해야 해요. 신부님,
　　저놈은 내게 눈독을 들이고 있어요. 신부님, 난 약
　　혼을 했어요.

군 인   목이 타는군.

바르플린   저놈이 날 몰라 보는군.

군 인   이 여잔 누구지?

바르플린   유태인의 정부 바르플린이죠.

군 인 꺼져!

바르플린 당신은 누구? (웃는다) 당신 북은 어디 있어요?

군 인 웃지 마!

바르플린 우리 오빠를 어디로 데려갔어요?

  (견습생과 함께 목수가 등장한다) 어디서 오는 길이
    죠? 어디로들 가세요? 어째서 집으로 안 가죠? 당
    신들은 왜 목을 매달아 죽으려 하죠?

목 수 저앤 무슨 말을 하는 거죠?

바르플린 저 사람두요?

주 인 저앤 실성했군.

군 인 저앨 데려가라니까.

바르플린 난 흰 칠을 해요.

목 수 그게 무슨 말이지?

바르플린 난 흰 칠을 해요, 흰 칠을요. (의사 등장) 당
    신은 손가락을 본 적이 있어요?

의 사 (말없이 그녀를 본다)

바르플린 당신은 손가락을 못 봤어요?

군 인 이제 그만둬!

신 부 그앨 가만 두시오.

주 인 저앤 사회의 두통거리가 되겠군.

목 수 저앤 우릴 성가시게……

견습생 그럴 것 같아서 충고를 했는데.

의 사 정신병원으로 가야겠군.

바르플린 (놀란다)

신 부 저 아이의 아버지는 학교 교실에서 목매달아 죽
었어요. 저애는 제 아버지를 찾는 거랍니다. 그리
고 제 오빠를 찾는 거예요.

　　　　(신부와 바르플린을 빼놓고 모두 술집으로 간다)

신 부 바르플린, 내가 누군지 알겠니?

바르플린 (길바닥에 흰 칠을 한다)

신 부 널 집에 데려다 주려고 왔단다.

바르플린 난 흰 칠을 해요.

신 부 난 베네딕트 신부란다.

바르플린 (길바닥에 흰 칠을 계속한다)

신 부 내가 베네딕트 신부야.

바르플린 베네딕트 신부님은 우리 오빠가 도살장으로
가는 짐승처럼 끌려갈 때 어디 계셨죠? 당신은 겁
어졌군요, 베네딕트 신부님…….

신 부 (잠자코 있다)

바르플린 아버진 돌아가셨어요.

신 부 나도 알고 있다, 바르플린.

바르플린 그런데 내 머리카락은 어디 갔죠?

신 부   난 안드리를 위해서 날마다 기도를 하고 있단다.

바르플린   그런데 내 머리카락은?

신 부   네 머리카락은 다시 자라날 거다, 바르플린.

바르플린   묘지에 자라는 풀처럼 말이죠? (신부가 바르플린을 데리고 가려 하자, 그녀는 갑자기 물러서며 구두가 놓여 있는 곳으로 돌아간다)

신 부   바르플린! 바르플린!

바르플린   여기 오빠의 구두가 있군요. 손대지 말아요. 언젠가 오빠가 다시 돌아오는 날까지 이 구두는 여기 있어야 해요.

막이 내린다.

옮긴이 약력

평남 맹산(孟山)생
한국외국어대학 독일어과 졸업
전 한양대 강사 · 극작가

저   서
《초대받지 않은 사람들》 《박제된 인간》
《알라망》 《마술사의 제자》 《콤포지션 F》

역   서
하인리히 뵐 《결산》(서문문고 102)
에이빈트 욘손 《욘손 단편선집》(서문문고 162)
뒤렌마트 《미시시피 씨의 결혼》(서문문고 178)
바하만 《바하만 단편집》
한스 카로사 《소년시절》
그림 형제 《독일민담설화집》
《독일민화집》 《독일콩트선》

안 도 라　〈서문문고258〉

초 판 발행 / 1974년 9월 15일
개정판 발행 / 1996년 9월 30일
글쓴이 / 막스 프리시
옮긴이 / 김 창 활
펴낸이 / 최 석 로
펴낸곳 / 서 문 당
주소 / 서울시 마포구 성산1동 20—12호
전화 / 322—4916~8 팩스 / 322—9154
등록일자 / 1973. 10. 10
등록번호 / 제13—16

서문문고 목록

001~303
◆ 번호 1의 단위는 국학
◆ 번호 홀수는 명저
◆ 번호 짝수는 문학